honey

第一章

「ごめんね、利都《りつ》、私、弘樹《ひろき》の赤ちゃんがお腹にいるの」

恋人の間宮《まみや》弘樹と約束したレストランで利都を待っていたのは、弘樹と、利都の会社の同期で親友の、村上舞子《むらかみまいこ》だった。

なぜ二人が一緒にいるのか。そう尋ねるよりも先に切り出された舞子の言葉の意味がわからず、利都は凍りつく。

「私が悪いの、利都を傷つけるってわかってるのに……どうしても弘樹から離れられなかった私が悪いの」

利都は、舞子の美しい顔から目をそらした。じわじわと、彼女の言葉が、利都の頭に染み込んでくる。

――自慢の親友である舞子。誰もが振り返るくらい美人で、頭が良くて、光を一身に浴びているような女の子なのに。

そんな舞子がなぜ、利都の恋人に手を出す必要があったのか。

弘樹は利都の大学の先輩で、利都が大学三年生の頃からもう四年間も付き合っている。

弘樹とは、勤めている会社が違う。舞子に彼を紹介したことはあるが、二人が連絡を取り合っている様子なんてなかったのに……

叫びたい気持ちを、利都は必死に呑み込んだ。

「な、なん、で、赤ちゃん……妊娠って……え？」

利都は震える声で、やっとそれだけを口にする。

ワタシ、ヒロキノアカチャンガオナカニイルノ……

舞子の言葉が利都の頭のなかにこだました。

絶対に自分と目を合わせようとしない弘樹と、美しい白い頬を涙で濡らす舞子。

利都の目の端に、二人の重なりあう手が映った。弘樹の大きな手と、舞子の華奢《きゃしゃ》な手……まるで共に利都に立ち向かうかのように、しっかりと重なりあった、二人の手。

ガタガタ震えながらスカートを握り締め、利都はようやく一言、口にした。

「わかった」

利都は理解した。もう、自分には弘樹との未来などないことを。

弘樹は利都を捨て、舞子を選んだのだ。

昨夜交わした、弘樹とのメールを思い出す。

弘樹は、普通だった。今日の、この店での待ち合わせの話だって、いつもと変わらない調子で切り出してきたのだ。隠し事があるなど、微塵《みじん》も感じさせなかった。

何も知らず、利都は幸福感に包まれていたのだ。

それが今、一瞬にして砕けた。幸せを構成していたものが、無数の破片となって利都の胸に突き刺さる。

怒りと悲しみを噛《か》み殺し、利都はふらふらと立ち上がった。その拍子に椅子が音を立てて倒れたが、起こす気力もない。

「私、帰る。じゃあね」

「あの、利都……」

舞子の声に、利都は、一度だけ振り返った。

彼女は、とても傷ついた表情を浮かべている。けれど、傷つけられたのは利都のほうだ。

最近舞子は元気がないな、なんて心配していたけれど、その理由はこんなことだったのか。

舞子も弘樹も結局なにも言わなかった。利都は店中の人々の視線を浴び、泣きながらその場を飛び出す。

こうして利都の恋は終わった。大好きだった恋人と一番の親友は……裏切り者になった。


——あれからもう一ヶ月経つんだ。そろそろしっかり立ち直らなくちゃ。

自分にそう言い聞かせながら、利都は春のきざしが見え始めた駅のホームに降り立った。親友と恋人を同時に失った日から気分が塞《ふさ》いでしかたなく、土日は家にこもりがちだ。けれど、いい加減に明るい気分になりたい。このままでは、自分がダメになってしまいそうだ。

改札を抜け、サブカルの中心地として知られている洒落《しゃれ》た街を、利都はフラフラと歩いていた。

通勤では使わないので、この駅ではあまり降りたことがない。けれど、ゆっくり探索しながら歩いてみると、楽しい街だ。

手を繋いで歩く若いカップルに、微笑ましい気持ちになる。そんな温かい気分になるのも久しぶりだった。

ふと利都の視界に、愛らしい小物や洋服が飛び込んでくる。

「買い物したいな……」

一ヶ月ぶりに、利都はそう思った。

——そうだ、いつまでも引きこもっていちゃダメだ。買い物だってしたいし、会社の寮を出て今より広い部屋に引っ越したい。やりたいことはたくさんある。会社に着ていく服が欲しい。カフェめぐりもしたいし、靴もカバンも欲しい。だから、仕事して稼がなきゃ。

明るい日差しの下を歩きまわったおかげか、利都の身体に久しぶりに軽やかさが蘇《よみがえ》った。

傷つけられた心はまだ痛むけれど、少しだけ前を向く元気が出てきたのかもしれない。

弾む気分で、利都は路地を曲がった。いかにも通好みといった感じのカフェやバーが立ち並んでいる。

ふと利都は真っ白な内装のカフェに目を留めた。店の前には何種類かの鉢植えが置かれている。

明るく洒落《しゃれ》た印象の、雰囲気の良い店だ。

「いらっしゃいませ」

店に入ると、清潔感のある店員に声をかけられる。利都は笑顔で会釈《えしゃく》をして、空いた席に腰を下ろした。

周りを見ると、そこそこの客入りだ。日替わりランチのパスタが人気らしい。それを注文し、利都は頬杖をついた。

——可愛いお店。ランチが美味《おい》しかったらまた来ようっと。

改めて店のなかを見回すと、漆喰《しっくい》塗《ぬ》りの壁にはラックが設置され、雑誌が立てかけられていた。あまり見かけない英語タイトルの雑誌だ。綺麗な風景の写真が使われた表紙に心が惹かれる。立ち上がり、読んでみようと伸ばした利都の手に、別の誰かの手が触れた。

「あ、すみません」

慌てて手を引っ込め、利都は傍《かたわ》らの人物を見上げて……絶句した。

——な、なにこの人、綺麗……芸能人!?

そのくらい、その青年は美しかった。日本人とは思えないほど白い肌に栗色の髪、澄んだ瞳はほのかに緑がかった茶色で、ガラス玉のようだ。利都は呆然とその青年を見上げた。

「この本、読みたいの？」

青年が、不意に苦笑した。その笑顔を見て、利都の心臓が跳ね上がる。

「あ、あっ、あの、いいです！」

動転して首を横に振り、利都は身体を引いた。

「私、よく考えたら英語読めないので」

「あはっ、中身は日本語だよ、この雑誌」

青年が人懐こい声で言う。光に縁取《ふちど》られているかのように鮮やかな笑顔が眩《まぶ》しい。

——もう少し、この人と話がしたいな。

なにか気の利いた返事をしなくては、と利都が考え込んだ時、店の奥から出てきたギャルソン姿の男性が青年に話しかけた。

「チカ！　お前もパスタ食う？」

どうやら、店員と彼は知り合いのようだ。利都は、先ほど彼に触れた手を思わず握り締めながら、チカと呼ばれた青年と店員を交互に見た。

「ありがと、鉄《てっ》ちゃん。いただきます！」

青年がそう言って、利都に背を向ける。利都はうっとりと、そのしなやかな細い背中を見送った。

——すごく綺麗な人……鳥肌が立つくらい綺麗。

そう思った瞬間、青年がくるりと振り返って言った。

「ねえ、君、一人で来てるんだよね」

「えっ……？」

美貌《びぼう》の青年が利都に微笑みかける。

「一緒に食べよ。俺、人とご飯食べるの好きなんだ。それに、なんか、君のことをナンパしたくなっちゃって」

『ノー』と言われることなど考えてもいないような無邪気さだった。

慌てて首を横に振りかけた利都は、ふと思った。

——こんな綺麗な人とご飯を食べるチャンスなんて、もう一生ないんじゃない？

普段の利都なら、結構ですと断っていただろう。

けれど、今は、少しでも明るい気持ちになりたかった。いつもと違うことをして気分を変えてもいいのではないかと思う。寂しく薄暗い日常に、明るい光を、新鮮な風を取り込むのも悪くない。

「はい……じゃあ、ご一緒させてください」

かすかに震える声で利都は答えた。青年が一瞬目を丸くし、次いでニッコリと微笑む。その笑顔はまるで、スポットライトを浴びたトップモデルのように美しかった。

日替わりパスタを注文し、それが運ばれてくるまで、青年はあまり喋《しゃべ》らなかった。時折ぼんやり物思いにふけり、不意に顔を上げては、他愛ないことを話しかけてくる。その全ての仕草が、洗練されていて、利都は思わず見とれてしまう。

「お待たせしました、こちらベーコンと菜の花のトマトパスタです。どうぞ！」

鉄ちゃんと呼ばれていたギャルソンが、二つの皿を手に席にやってきた。

「ありがとう！　ここ、彼のお店なんだよ。雰囲気良いでしょ？　料理も美味《おい》しいよ！」

ギャルソンは青年の言葉に笑みを浮かべ、ごゆっくり、と言って去ってゆく。

利都は緊張で高鳴る胸を押さえ、そっとパスタを頬張った。

——美味《おい》しい。

久しぶりに感じる、身体が喜ぶような味わいだった。ソースに利都の好きな菜の花が入っている。

「美味《おい》しいです」

「あは、良かった」

利都の答えに、青年が笑顔になった。そして、さっき利都が手に取ろうとした雑誌をテーブルの上でめくる。

利都の目に、雑誌の特集ページが目に入った。かなり昔に流行した時計の記事のようだ。随分古いな、と思う利都の目の前で、青年がひょいと雑誌の向きを変え、開いたページを見せてきた。

「ねえねえ。見て、これ」

そのページには、デコラティブな時計をはめた女性モデルが写っていた。

普通のＯＬである利都には到底手の届かない、海外の超高級ブランドのロゴが大きく描かれている。

女性モデルは、長い栗色の髪に七色の花を飾り、ギリシャ神話に出てきそうなドレスを巻きつけている。その姿は芸術品のようだ。

「綺麗な写真……」

そう言いながら、利都はふとあることに気づいた。雑誌を手にした青年と写真の美女はどこか似ている。

「あれ、この方とご親戚ですか？」

「ううん、このモデルは俺」

利都は驚いて、雑誌と目の前の美しい青年を見比べた。

向かいにいる彼は男性にしか見えない。この女性と同一人物だというのはにわかには信じがたかった。それに、こんな世界的に有名なブランドの仕事をしているとしたら、超一流のモデルなのではないか。

「びっくりしたでしょ。もっとガリガリに痩《や》せてた頃の写真だから。あ、俺、チカって言うの。よろしくね」

「ちか、さん……」

女の子の名前のようだ、と思っていた利都に、青年……チカが言った。

「寛親《ひろちか》って名前だから、皆にチカって呼ばれてるんだよね。君の名前は？」

美味《おい》しそうにストローからカフェオレを飲み、青年は重ねて言う。

「名前、教えてよ」

「あ、あの、今井《いまい》利都と言います」

素直に名乗ってしまったあと、黙っていれば良かったかな、と利都は思った。

なんだか、この美しい王子様のペースに呑まれている。

「りっちゃんかぁ」

チカが呟《つぶや》き、もう一度ストローに口をつける。一連の仕草がひどく優雅で、利都は親しげに名前を呼ばれたことにも気づかず、彼に見とれてしまった。

カフェに差し込む明るい昼の光が、チカの栗色の髪をふわりと輝かせる。まるで光に祝福されているようだ。

「なんか寂しそうだね」

「えっ……」

チカの唐突な言葉に驚いて、利都はチカの顔をまじまじと見た。

ナンパの常套句《じょうとうく》だとわかっているのに、とっさに笑って流せなかった。

寂しそうという言葉を発したチカを黙って見つめる。

彼の澄んだ瞳からは、なんの感情も読み取れない。

「うん、寂しそうだから声かけたんだ。あれ、りっちゃん、食べないの？」

「あ、はい、食べます」

チカは手にしていた雑誌をテーブルにおく。それから、厨房《ちゅうぼう》に向かって声を上げた。

「鉄ちゃーんっ！」

先ほどパスタを運んできてくれたギャルソンが顔を出した。

「昔の俺が写ってる雑誌、このお店にもっとおいていい？」

「勝手にしろ」

笑いながら、ギャルソンがそう言った。それから利都を見て、一礼し、優しい口調で尋ねる。

「料理、お口に合いましたか？」

「あ！　はい、美味《おい》しいです。菜の花がアクセントになってて、この味、すごく好き。麺《めん》ももちもちしてて好みです！」

「よっしゃ、ありがとうございます！」

ギャルソンはガッツポーズをしてもう一度頭を下げ、嬉しそうに厨房《ちゅうぼう》へ戻っていく。

目を細めてその様子を見送ったチカが利都に言った。

「鉄ちゃん、料理にすげー気合い入れてるからさ、褒《ほ》めると喜ぶんだ」

「お友達なんですね」

「うん、昔のモデル仲間なの。今は、鉄ちゃんはカフェ経営者で、俺はただのサラリーマンだけどね」

『元モデル』だなんて華やかな肩書きだなと思い、利都は溜息をつく。

なぜ彼は、見るからに地味でおもしろみもない、平凡な利都に声をかけたのだろう。

利都の取り柄なんて、日本有数の大手商社、澤菱《さわびし》商事で働いていることくらいしかない。

それだってわざわざ口にしなければ伝わらないし、男性にとって魅力になるかどうかも微妙なものだ。

利都はチカを見つめた。何度見ても引きずり込まれそうなくらい美しい、ヘーゼルの目……宝石のようにきらきらと輝いて見える、不思議な目だ。

——綺麗すぎて、なんか怖くなってきた。

利都はそっと目をそらす。すると、そんな利都の様子に気づいたのかチカがニッコリ笑って身を乗り出した。

「あ、ねえ、デザートにアップルパイ食べようよ！」

食べきれるかな、と思いながらも、利都は頷《うなず》いた。

なんだか本当に、この美しい人のペースに呑まれっぱなしになっている。

「りっちゃんは甘いモノ好き？」

「え、あ、はい。結構好きです」

「俺も！」

チカは嬉しそうな声で言うと、手を上げて女性の店員を呼んだ。

「すみません、アップルパイ二つ！　アイス載せてください！」

それから形の良い顎《あご》を手の甲に載せ、上目遣いに利都を見つめた。落ち着いていた利都の心臓が、チカの視線に再び跳ね上がる。

緊張してだんだん変な汗をかいてきた。うつむいた利都に、チカが穏やかな声で尋ねる。

「あのさ……目の下、真っ黒だけど、大丈夫？」

「えっ？」

利都は驚き、慌てて自分の顔に触れた。

肌がガサガサになっている。自分の顔は恐ろしいほどしおれていた。ずっと、自分に手など掛けていなかったことを実感する。

——どうしよう。恥ずかしい。こんな綺麗な人の前で、私、ぼろぼろ……

「ね、ここ押してみな」

チカがなんでもないように笑い、揃えた三本の指で自身の目の下を押した。

「なん、ですか、それ……」

両頬を手で隠したまま、利都は尋ねる。

「クマに効くツボだよ！　そっと押してみなって。りっちゃんまだ若そうだし、すぐ消えるよ」

「ツボ……ですか……」

言われるがままに、利都は目の下をそっと押した。思ったより痛くて、思わず手を離す。

利都の様子を見守っていたチカが、明るい笑い声を立てた。

「あは、素直だね」

利都はまた恥ずかしくなり、顔から手を離す。

素直というのは褒《ほ》め言葉なのだろうか。親からも友人からも、素直で真面目な優等生と言われる。けれど、その『長所』は、利都を幸せにしてくれただろうか……

ふと、舞子の笑顔が利都の脳裏をよぎった。

——ちゃんと幸せになったのは、素直なだけの私じゃなくって、自己主張の強い舞子だったのに。

「あ、アップルパイ来た！」

チカの声に、利都は我に返った。慌ててぎこちない笑みを浮かべ、可愛らしい白い皿をギャルソンから受け取る。

「美味《おい》しそう！」

「このメニュー、鉄ちゃんの一押しだから！」

チカが笑い、それから、一瞬、ためらうような仕草を見せたあと、少しトーンの落ちた声で切り出した。

「そうだ、りっちゃんあのさ、君、この前……」

チカの透明な目が、利都をじっと見つめている。

吸い込まれそうな目だ。そう思い、利都は慌てて視線を外した。王子様の眼差しを受け止められるほど強い心臓は持っていない。

「は、はい、なんですか？　この前って」

「いや、やっぱいいや」

なにか言いたげにしつつも、チカが口ごもる。

そしてすぐに、わざとらしいくらい大げさにフォークを構え、明るい声で言った。

「なんでもない。食べよ。アイスはりんごに載せて食べてみな、美味《おい》しいから！」

利都はチカの態度に引っ掛かりを覚えて、手を止める。

『この前』とはなんだろう。チカはなにを言おうとしたのだろう。

だが、思い当たることはなにもない。

チカは、自分が発した言葉など忘れたかのように、笑顔でアップルパイにナイフを入れている。

利都もスプーンで白いアイスクリームをすくい取り、りんごとともに口に運んだ。バニラビーンズがまぶされた甘く冷たい塊《かたまり》が、利都の喉《のど》を滑り落ちていく。

——この前……って、なんのこと？

チカに会ったことなど、一度もない。元モデルという華やかな彼が自分となにか関わりがあったとも思えなかった。

もしかしたら、チカがなにか思い違いをしているのかもしれない。そう思い、利都は話を変えるみ込んだ。


ことにした。

「りんごに載せて食べたら美味《おい》しいですね」

チカが微笑む。きらめくような笑顔の前で、利都は『この前ってなんですか？』という言葉を呑

薄暗い家に帰り着いた利都は、カーテンに手をかける。

「こんなに暗くしてたら、気分も暗くなるよね」

ふわふわした気分で、コートのポケットに入れたカフェの名刺を取り出す。

鮮やかな緑の葉っぱを箔押《はくお》しした小さなカードに、端正な文字でメールアドレスが綴《つづ》られている。

――ナンパしてきた人のメルアドを受け取っちゃった……

利都はかすかに頬を火照《ほて》らせ、そのカードをテーブルの隅においた。

なぜこれを持ち帰ってしまったのだろう。相手が、夢のように綺麗な王子様だったからだろうか。

普段の利都なら、突っ返していたはずなのに。

『来週の日曜日のこの時間、また店にいるから、良かったら来て』

そう告げたチカの言葉を思い出し、利都はぶんぶん頭を振った。

――会いに行ってどうするの？　社交辞令だよ。浮かれてないで落ち着かなきゃ。

利都の脳裏に、チカの姿が浮かぶ。内側から光を放っているような、きらきらした姿が。

あんな人に笑顔で話しかけられたら、どんな女も舞い上がってしまうだろう。どの角度から見て

もうっとりするほど美しい顔に、無駄な肉のない身体つき。黒のニットにジーンズという、なんてことのない出で立ちでも、店中の視線を集めていた。

気が向いたらメールちょうだい、と言っていたチカの笑顔を思い出し、利都は唇を噛《か》む。

どくん、と心臓が鳴った。

利都は慌てて、高揚感を打ち消す。

――社交辞令だよ、社交辞令。

自分にそう言い聞かせ、利都はカフェの名刺を引き出しにしまった。

それから、カレンダーを見上げる。

来週の日曜日……指折り数えそうになり、焦って首を振った。自分は、なにを浮かれているのだろう。

利都は机に背を向け、床拭き用のモップを取り出す。

家を掃除して、自分の手入れもしよう。そう思い、利都は自分の目の下のクマにそっと触れた。


その夜、夢のなかで、利都は華やかな街を歩いていた。

隣には弘樹が立っている。優しい表情で、いつものように、利都のほうを見て穏やかに笑っている。

その笑顔を見て、利都は心からホッとした。

あれは『夢』だったんだ、これが現実なんだ。

「利都、これからどこに行くの」

弘樹の問いに、利都は少し考え込む。それから明るい気分で答えた。

「舞子のところ」

最近、舞子に会っていないような気がする。いろいろ話したいことがあるのだ。それに、一緒に美味《おい》しいものを食べに行きたいし……そう思って、弘樹と並んだまま、利都は弾んだ足取りで歩き出した。

その足元が、不意にぼろりと崩れ去る。

真っ黒ななにかに呑み込まれながら、利都は思った。

——違うよね。こっちが夢だった。もう弘樹はいないよ、舞子もいない。二人で私に背を向けて、遠くに行っちゃった……

目が覚めると、真っ暗な天井が見えた。

利都は濡れた顔を手の甲で拭《ぬぐ》い、なまなましくのしかかる孤独に歯を食いしばる。

また自分は泣いているのか。情けない気持ちで顔から手を離し、利都は顔を洗うために起き上がった。

——私の人生に、なにか良いことあるのかな……

惨《みじ》めな気分になり、再び涙が零《こぼ》れていく。利都は洗面台に手をついて止まらない涙を必死で拭《ぬぐ》った。鏡には、顔を赤く腫《は》らした、ボロボロの痩《や》せた女が映っている。

せっかく少し元気になったのに逆戻りだな、そう思いながら顔を洗って、利都は部屋に戻った。

「うう、頭痛い……」

頭痛薬を飲もうと、手を伸ばし、引き出しを開ける。薬の脇に小さなカードが入っていた。チカのメールアドレスが記された、愛らしいカフェの名刺だ。

泣きすぎてぼんやりした頭で、利都はそのカードを手に取った。

——もしかして、綺麗な人と会って一緒に時間を過ごしたら、明るい気分になれるかな……？

私、なにしてるんだろう……そう思いつつも、利都は思いきってパソコンを立ち上げ、メーラーを起動した。

『こんばんは、今井です。今日はアップルパイをごちそうになり、ありがとうございました』

必死で頭をひねり、それだけの文字を打ち込む。なにを書いたらいいのかわからない。

しばらく画面の前で思案にくれたあと、利都は再び文字を打ち込んだ。

『楽しかったです。チカさんの昔の写真、すごく綺麗でした』

不意にチカの言葉が蘇《よみがえ》り、利都の手が止まった。

——りっちゃんあのさ、君、この前……

彼はなにかを言おうとしていた。

この前、というチカの言葉には心当たりがない。なにを言おうとしたのだろう。どこかで、会ったことがあるのを利都が忘れているのだろうか。

尋ねようかどうか迷った末、利都は結局こう書くことにした。

『もしかして私、チカさんにどこかでお会いしてましたか？　だとしたら、覚えてなくてすみません。今日は本当にありがとうございました』

これだけ書くのに、十分近くかかった。しばらくためらったあと、利都は送信ボタンを押す。当《あた》り障《さわ》りのない内容だし、フリーメールからの送信だから、携帯のアドレスから送るより安全なはずだ。

――メール、送っちゃった……なにやってるんだろ、私……

溜息をつきながら、利都は机に突っ伏した。

時計は二時を指している。なんて時間にメールを送ってしまったのだろう。後悔したが、今さらどうしようもない。

頭痛薬を飲み、メーラーにたまっていたメルマガを読んでいたら、ピコンというメールの着信音が聞こえた。

利都は慌てて、受信箱を開く。新しいメールが一通来ていた。

タイトルは『こんばんは』。差出人は、『チカ』とある。

どくん、と利都の心臓が鳴った。

緊張で小刻みに震える手で、利都はそのメールをクリックした。

『こんばんは。随分遅くまで起きてるね、俺も仕事の準備が終わらないので起きてました。メールありがとう。実はりっちゃんのことはちょっとだけ知ってます。日曜日に話そうね。待ち合わせ用に電話番号も教えておきます。チカ』

メールには、そう書いてあった。

第二章

「この格好、変じゃないかな」

利都は駅のトイレで大きな鏡に己の顔を映し、溜息をつく。

真っ直ぐな髪の、おとなしそうな女が、青白い顔でこっちを見つめ返していた。

次の週の日曜日、美貌《びぼう》の王子様の呼び出しに応じて、フラフラ出てきてしまった。利都は自分の身体を落ち着かない気分で見下ろした。

今日の服装はベージュのコートに、黒のスカートと薄いピンクのニット。ブーツは冬のボーナスで買ったお気に入りのもの。休日用のごく平凡な服装だ。

利都は自分の服装を確かめ終え、小走りでカフェに向かった。この前はあんなに魅力的に映っていた雑貨屋や服屋も、まるで目に入ってこない。胸がドキドキして、苦しかった。

「あれ、この間の……？　チカと待ち合わせしてるんですよね？　聞いてますよ」

カフェの前で看板を出していたギャルソン姿の『鉄ちゃん』が、利都の姿を認めて言った。

おそらくチカが連絡を入れておいてくれたのだろう。

スタイルのいいギャルソンを見上げ、利都はぎこちなく頷《うなず》いた。

「はい、こんにちは……」

「こんにちは。どうぞ。この前の席でお待ちください」

『鉄ちゃん』にもう一度深々と頭を下げ、利都は席に向かう。

腰を下ろしてカフェオレを注文し、そこではっと気がついた。

——チカさんになにか手土産を買ってくればよかった。お菓子とか。

舞い上がってしまって、そんなこと考えもつかなかったのだ。気の利かない自分にがっかりしつつ、利都は運ばれてきたカフェオレに口をつけた。

コーヒーの良い香りに、ホッと心がほぐれる。

大きな窓から、道行く人々を眺めていると、不意に華やかな気配がした。

「あ、待たせちゃった？　ごめんね」

顔を上げると、白いVネックのニットに、デニム姿のチカが立っていた。小脇にグレーのコートを抱えている様子は、怖いくらいさまになっている。

一瞬口を開けて見とれた利都は、慌てて立ち上がった。

「こ、こんにちは、全然待ってません」

「こんにちは」

透き通る不思議な色の目を細め、チカが高すぎも低すぎもしない心地良い声で言った。

王子様は、声まで綺麗だ。利都の心臓が再び高鳴る。

「あ、カフェオレいいね、俺も飲もう」

チカがそう言って、流れるような仕草で利都の向かいの席に腰を下ろす。体重がないのだろうか、と思うような身軽な所作だ。

棒立ちになっていた利都も慌てて、座りなおす。

絹のような栗色の髪にぼうっと見とれていると、不意にチカがメニューから顔を上げた。

「りっちゃん、ご飯食べるよね？」

どうしよう、なんて答えれば正解なんだろう。利都は緊張で表情を凍りつかせる。そんな利都に微笑みかけ、チカが明るい口調で言った。

「食べていこうよ。ごちそうするから好きなの選んで」

「いえ、自分で払います」

利都はかすれた声で答え、スカートの上で手をギュッと握った。

「まあいいじゃない。呼んだの俺だから。なにが食べたい？」

「じゃ、じゃあ、これ……すみません……」

利都は手を握ったまま、一番安いメニューを指差した。なにも載っていないプレーンなパンケーキだ。

「お昼、それでいいの？」

どうせなにも喉《のど》を通りそうにない。利都は無言で頷《うなず》き、そのままうつむいた。チカの顔が見られない。

それに自分の顔を見られるのが恥ずかしかった。平凡だし、クマもひどいまま。唯一まともなのは、今朝ブローしてきた髪の毛だけだ。

チカが『鉄ちゃん』を呼び、注文する気配がした。利都は自分の黒いスカートを見つめたまま、身体をこわばらせていた。

「あ、ねえ、りっちゃん。顔いじっていい？」

意味のわからないチカの言葉に、利都は驚いて顔を上げる。

「俺、りっちゃんの隣座っていい？　化粧ポーチ持ってる？」

「え、え、あの……」

返事を待たずチカが立ち上がり、利都のすぐ横にストンと腰を下ろした。

いきなり間近に迫った『王子様』の華やかさに、利都は思わず身体を引く。

「あ、あの……」

「化粧ポーチ貸してくれる？」

チカのオーラに押され、利都は小さな化粧ポーチを鞄《かばん》から取り出した。

「開けていい？」

ポーチを手にして首をかしげるチカに、頷《うなず》く。

『顔いじっていい？』とはどういう意味なのだろうか。

「あ、なるほどね……アイシャドウはこれなんだ。なんで緑のシャドウなんて買ったの？」

アイシャドウについて聞かれたことに面食らいつつ、利都は恐る恐る答えた。

「グ、グリーンは夏の限定品って言われたから、ですかね？」

利都の答えに、チカが眉根を寄せる。

「ちょっとりっちゃんには色が濃すぎるよ。あれ？　口紅はオレンジなの？　朱肉みたいな色だから、りっちゃんには派手かもね」

利都は絶句した。男性に化粧品を批評されるとは思っていなかったのだ。化粧品選びにはあまり自信がないので、はっきりと合っていないと言われ、落ち込む。

「た、たまにはピンク以外もつけるといいって、店員さんにすすめられて……」

真剣な目で利都の化粧ポーチを探っていたチカが、顔をしかめた。

「アイライナーは紫なのかぁ」

「それも秋の限定品だったので……でも使ってません。アイライナーは目に刺さりそうで」

「すごい色の組み合わせだね」

利都は、言葉に詰まる。たしかにとんちんかんな色の取り合わせだとは思うが、化粧直しなどしないので、深く考えずに使わない化粧品もポーチに突っ込んでいたのだ。

「わかった。じゃあ顔いじるね。この前思ったけど、りっちゃんは、美人なのに化粧で損してる」

いつの間にかチカの分のカフェオレを運んできていた『鉄ちゃん』が、テーブルの横で苦笑した。

「お客様、俺の友達が騒がしくしてすみません。でもこいつの化粧、ホントすごいですよ。一度やってもらったら面白いかも」

「そうだよ、すごいよ。なにしろ俺、化粧の腕を買われて、昔女装モデルしてたんだから。今はしがないサラリーマンだけど」

チカがクスッと喉《のど》を鳴らす。『鉄ちゃん』が肩をすくめ、テーブルにカップをおいた。

「化粧の腕がいいことと女装モデルだったことは、つながんないだろ？　それに、チカは別にしがなくないじゃん。今は日本と海外往復してバリバリやってるんだろ？」

「はーいりっちゃん、とりあえずファンデ直して、アイライン入れてあげる」

『鉄ちゃん』の言葉を遮《さえぎ》るように声を上げ、チカが利都の顔を覗き込んだ。

「チークの色は可愛いね。アイラインとこのチークとマスカラで仕上げてあげる。りっちゃん、目をつぶって」

利都は、チカに言われるがままに目を閉じた。

——わ、私……流されてる……！

「肌、綺麗だね」

「い、いえ、ぼろぼろです」

チカのお世辞に、利都は愛想笑いをした。

それにしてもチカの手つきは優しい。撫でるように丁寧に顔に触れられ、うっとりとした利都は、握り締めていた拳《こぶし》を緩《ゆる》める。

「……なんか、子猫みたいだ」

「え？」

チカの呟《つぶや》きに、利都は目をつぶったまま声を上げた。

「りっちゃんてさあ、警戒心ばりばりなのに、撫でるとほにゃーってしてるからさ……はい、メイクできたー、目を開けて」

利都は、差し出されたファンデーションのコンパクトの鏡を覗き込む。いつもよりはっきりした目元の自分が、鏡の向こうにいた。

パンケーキが運ばれてきたことも気づかず鏡に見入る。傍《かたわ》らのチカが、嬉しそうに利都の顔を見つめた。

「その顔、気に入った？」

「はい！」

メイク一つでこんな顔になれるなんて嘘のようだ。厚塗りしたわけでもないのに、利都の顔は明るく輝いて見える。

「アイシャドウのハイライトは明るいピンクだったから、それをちょっとチークに混ぜた」

化粧品を混ぜるという発想がなかった利都は、チカの言葉に驚いて目を見張った。

「可愛くなったでしょう。気に入ったならアイラインの入れ方とか教えてあげる」

利都は嬉しくなり、素直に頷《うなず》いた。こんなに明るい気分で鏡を見たのは久しぶりだし、メイクでこんなに変われたのも初めてだ。

チカが音もなく立ち上がり、利都の向かいの席に戻った。

「ご飯食べようか。冷めちゃうしね……ねえ、りっちゃん、このあと暇？　もう少し今の教えてあげよっか」

「本当ですか？　嬉しい！」

鏡から目を離せぬまま、利都は素直にそう返事をした。うきうきした気分になるのは久しぶりだ。

「じゃあさ、川沿いの公園に行って、明るいところでメイクの練習しよ？　途中の薬局でメイク落とし買うから」

「はい」

利都は再び、素直に頷《うなず》いた。その様子を見て、チカが軽く笑い声を上げる。

「そんなに喜んでもらえると、俺も嬉しいよ」

そう言いながら優雅にミートローフにナイフを入れ、チカが肉片を口に運ぶ。

利都も慌ててファンデーションのコンパクトを閉じ、ポーチにしまって、パンケーキを頬張った。

――そういえば今日は、チカさんの話を聞きにきたんだ。彼はどうして私のことを知ってるのだろう？

もっとも、大したことではないのだと思う。仕事先のどこかで見かけたとか、その程度のことだろう。チカは暇つぶしに、自分を呼び出したに違いない。

利都はその考えに納得し、残りのパンケーキを食べた。

ともかく今は、メイクの方法を教えてもらえるのが嬉しいし、こんなに綺麗な人と話ができるのも楽しい。

利都は、興奮でほんのり火照《ほて》る頬をそっと指先で押さえた。

食事を終え、川沿いの公園に着くやいなや、チカはコートを脱いで袖まくりをした。

ただならぬやる気に利都は息を呑む。そういえば道中のドラッグストアで、チカはあれこれと買い込んでいた。

「やっぱりメイクの色って自然光の下で確かめたいよね」

チカが真剣な顔で言う。利都はチカから預かったコートとトートバッグを膝《ひざ》に抱いたまま、ベンチに腰を下ろした。

「はい、目をつぶって。あ、りっちゃん、あのさ、メイクでかぶれたことある？」

「ないです。肌は丈夫なので」

「了解」

チカが真剣な顔で利都の前にかがみ込む。美しい顔が近づき、利都は恥ずかしくなって、固く目をつぶった。

「そんなにギュッとつぶらないで。今からメイク落とすね」

冷たいコットンが優しくまぶたの上を滑る。利都は身体を硬くして、されるがままに身を任せた。

化粧を落としたあとになにかを塗られ、ファンデーションをそっと重ねられる。

「りっちゃん、右目だけ開けてくれる？」

なんだろう、と思いながら、利都は右目を開けた。

チカがニコっと笑い、利都が見たことのない新品のアイライナーを目の前にかざす。

「じゃーん、これもさっき買いました。パール入りのブラウン・グレー。リっちゃんには多分、派手な色よりこういう色が似合います！」

「えっ、買ったんですか？　あとでお金払えばいいですか？」

「いいよ、俺の趣味なんだから」

チカは、美しい顔を利都に近づけた。

思わず目を閉じようとした利都に、優しい声で言う。

「俺が今から左目にアイライナー引くから、そのコンパクトの鏡でやり方見ててね」

「わかりました」

チカが真剣な眼差しで利都の目元に筆先を走らせる。

鏡を見ていろ、と言われたのに、利都は手元の鏡ではなく、チカをじっと見ていた。

――チカさんの目、ちゃんと見えてるのかな、ガラス玉みたいで綺麗すぎる。髪も目も肌もすごくぴかぴかだし……女の私より綺麗。

「こういうふうに睫毛《まつげ》の間を埋めてね」

「は、はい」

「じゃあ、自分でやってみよう」

チカにアイライナーを手渡され、利都はその筆先を思いきり目に突っ込んだ。

「痛っ！」

またも大失敗してしまった。まともにアイライナーを引けた試しがない。目に物を近づけるのが怖くていつも手が震えてしまうのだ。

「ちょっ……りっちゃん！　なにやってんの！」

「ご、ごめんなさい！　ホントごめんなさい！」

大慌てで謝ると、チカが眉根を寄せて利都の顔を覗き込んだ。甘い香りが利都の鼻先をくすぐる。

「目は大丈夫？」

どくどくと高鳴る心臓をごまかすように、利都は笑顔を作って、わざとらしいくらい明るく答えた。

「大丈夫です！　目の周り真っ黒になっちゃった」

「落とそうか」

情けない思いで、利都は頷《うなず》いた。

女なのにこんなに化粧が下手だなんて、ありえないのではないだろうか。

「にしても、ぷっ……思いきりよすぎるね……」

利都の顔に指を添え、コットンで化粧を落としながらチカが肩を震わせる。笑われた。そう思ってそっと唇を噛《か》む利都に、チカが言った。

「アイライナーは危ないからやめとこっか」

まだ、チカは笑っている。相当におかしかったらしい。利都はますます恥ずかしくなってうつむいた。

「アイシャドウでも目元はくっきりさせられるよ。りっちゃんはスッピンでもほんわかしてて可愛いけど」

「い、いや……そんなことないですよ」

こんな美青年に『可愛い』などと言われても説得力がない。

利都は曖昧《あいまい》に笑ってごまかし、渡されたコットンで目元を押さえてアイライナーを拭《ぬぐ》った。

こんな素敵な王子様の前で、アイライナーを目に突っ込む女なんて自分だけではないだろうか。

そう思ったら、だんだんおかしくなって自分も笑い出してしまった。

「あはは、ははっ……はぁ、今日は晴れてよかったですね」

しみじみと空を見上げながら、利都は言った。

今日の自分は、嫌なことをすっかり忘れている。

「りっちゃんって、いい子だね」

ベンチの隣に腰を下ろし、チカは膝《ひざ》の上に肘《ひじ》をつく。

「えっ⁉ いいえ、そんなことないです」

「あは、素直だなぁ」

また『素直』だと言われた。

『素直』という言葉は、親や先生が利都を褒《ほ》める時に使う言葉だ。

けれど、こんな素敵な人から聞きたい言葉かと言われれば、違うように思える。

利都は目を伏せ、チカの言葉に答えた。

「あの、素直って良いことなんですか？」

「うん、良いことだよ」

チカの答えに、利都は思わず傍《かたわ》らの彼を見上げた。

形の良い顎《あご》を反らせ、澄みきった早春の空を見上げながら、チカがやわらかな声で言う。

「素直な女の子ってすごく可愛く見える。俺に言わせれば、真面目で素直って最高の長所だよ」

褒《ほ》められて、利都の顔がかっと熱を持つ。

焼けるように熱くなった耳を両手で隠し、利都は慌ててうつむいた。

チカに他意がないことはわかっているけれど、こんなに素敵な王子様に褒《ほ》められるのはとても恥ずかしい。

「りっちゃん」

「はっ、はいっ」

「なんだか今日、楽しいね」

チカが、満面の笑みで言った。

利都は火照《ほて》った顔を両手で覆《おお》いながら、チカの光のような笑顔を見上げる。

「そう、ですね、楽しい……です」

利都はチカの言葉に頷《うなず》き、もう一度答えた。

「すごく楽しいです。ありがとうございます」

その答えに、チカが形の良い目を見開く。彼の透き通った目に、笑う利都の顔が映っている。

「……そっか、楽しいなら良かった」

チカも笑った。まるで太陽に向かって咲く花のような、曇りのない笑顔だ。その鮮やかさに、利都は強く惹き込まれた。

王子様の存在が、利都の胸一杯に広がる。

――ああ、なんてきらきらした人なんだろう。

「りっちゃん、化粧の仕方、もうちょっと教えてあげる。そのあと、コーヒー飲みに行こうよ」

笑いながらそう言ってくれたチカに、利都も笑顔で答えた。

「はい」

利都の心は、弾んでいた。


――私、まだ会って二回目の、ほとんどなにも知らない人と一緒なのに、どうしてこんなに楽しいのだろう。

そう思いながら、利都はチカと一緒に街を歩く。

ナンパしてきた人と一緒に過ごすなんて、自分らしくもない大胆な行動だった。

でも今日、周りの風景が輝いて見えるのは、この王子様のおかげだ。

「ここ！　俺ここに来たかったの。久しぶりだな」

チカが笑いながら、古びたベルのぶら下がった、木造のドアを押す。

「素敵なお店ですね」

利都の言葉に、チカが嬉しそうに頷《うなず》いた。

「コーヒーがすっごく美味《おい》しいよ。今日は寒いけど、オススメは水出しアイスコーヒー」

利都は、クラシカルな内装の店内を見回した。旧式のコーヒーサイフォンが飾られた、落ち着いた佇《たたず》まいの店だ。昔の漫画が本棚に並べてある。

狭いカウンターにチカと寄り添って座りながら、利都は話を切り出してみた。

「チカさん、あの、チカさんが前から私を知ってたって話なんですけど、そのお話、伺《うかが》ってもいいですか？」

チカは一瞬真顔になる。

利都から目をそらし、しばらく無表情でなにかを考えていた。

「あの……俺、りっちゃんが俺の知り合いと一緒にいるところを見たんだよね……」

「どなたですか？」

チカが、さらさらの髪をぐしゃりとかき回す。悩んでいるような仕草に、利都は内心、首をかしげた。

——どうしたんだろう？　言いにくい話なのかな？

「ごめん、やっぱり、話すのはもう少し考えてからにしていい？」

「えっ⁉」

肩すかしな答えに、利都は思わず声を上げた。

「ごめん！　俺むちゃくちゃ怪しいヤツだよね⁉」

「え、えっと、少し……？」

利都が正直に答えると、チカががくりとうなだれる。

「だよね……あ、これ俺の名刺。あげるよ。明らかに怪しいと思うけど、俺は一応普通のサラリーマンだからね！」

しょげた顔のまま、チカが黒い名刺入れから名刺を取り出す。利都は、両手でそれを受け取った。

「ありがとうございます」

公益財団法人、澤菱財団の総務部秘書課付けの名刺だ。名前には、澤菱寛親、と書かれている。

その苗字に、利都はぎょっとした。

澤菱家は、日本でも指折りの名家だ。利都の勤め先の澤菱商事は、澤菱グループという巨大企業に属している。そのグループのオーナー一族が、澤菱家なのである。

利都の会社にも、縁故採用された澤菱家の遠縁の人間がいるが、彼らはおしなべて『セレブ』だ。外車に乗り、頻繁に海外旅行へ行き、庶民とは別格の暮らしをしていると社内で噂されている。遠縁の人間ですらそうなのだから、澤菱の姓を名乗る人ともなれば、雲の上の存在であることは間違いない。

「あ、澤菱って苗字に引いちゃった？　でも俺は、庶民だよ」

チカの明るい声に、利都は思わずホッとした。

事情はよくわからないが、気さくで優しいチカの言うことに嘘はないように思える。

苗字は同じでも、庶民の『澤菱さん』もいるのかもしれない。

「チカさんも澤菱グループなんですね、私と一緒です。澤菱財団って、なにをなさっている団体なんですか？」

「美術館とかの経営。あと学者さんにお金を支援したりする仕事かな。俺はそこで、外国の友達のつてを使って、展示会用の美術品を貸してもらえるように交渉したり、海外の研究者をお呼びしたレセプションを企画したり、そのゲストに誰を呼ぶか考えたりする仕事をしてるんだ。まあ、いわゆる事務職かな」

「事務職……？」

利都は首をひねった。事務員の仕事としてはあまり聞かない内容だ。

「うん、あれ？　普通の事務職……だよね？」

逆にチカから問い返されてしまい、よくわからぬまま、曖昧《あいまい》に利都は頷《うなず》いた。

業務内容を詮索するような会話はやめたほうがいいかもしれない、と思う。澤菱という苗字ではあるけれど、庶民なんだと彼が言っているのだから、平凡な家の出身なのだろう。だいたい、雲の上の存在がその辺で女の子をナンパするわけがない。

「ところで水出しコーヒーって時間がかかるんでしょうか」

利都のひとりごとに、マスターが笑顔で言った。

「もう抽出《ちゅうしゅつ》してあるものをお出ししますよ。毎日、八時間かけて抽出《ちゅうしゅつ》していますからね」

チカと利都の前にコースターと、大きな氷が一つ入ったアイスコーヒーのグラスがおかれた。

「美味《おい》しそう」

「そうだ、ケーキも頼む？　ブラウニーとかあるよ」

メニューを差し出され、利都は思わず胸の前で指を組み合わせた。

「食べたいです！」

「じゃあごちそうする。すみません、ブラウニー二つ！」

チカが明るい声でスイーツを注文し、笑顔で利都を振り返る。

「ごめんね、さっきはなんだか思わせぶりな話をしちゃって。でも、ちょっと俺が気になってることを確認したら、ちゃんと話すから」

「私は澤菱商事で働いてるんです。チカさんの勤め先と同じグループ企業ですよね？　だから、私とチカさんはどこかで会ったことがあるのかなって思ったんですが、違うんですか？」

「違うよ。あ、りっちゃん、ブラウニー来たよ！　食べよう」

チカはなにも話したくなさそうだ。利都は追及を諦め、目の前におかれたお菓子に集中することにした。

熱々のブラウニーは添えられた白いクリームが溶け始めていて、食欲をそそられる。

「美味《おい》しい！」

甘くほろ苦い味に、利都は歓声を上げた。

生クリームをからめたブラウニーは、水出しコーヒーのまろやかな香ばしさによく合う。

「でしょ、俺スイーツ大好き」

「チカさんって、すごく痩《や》せてるのにお菓子好きなんですね」

王子様に軽口を叩く余裕が出てきた。

「あ、言ったな、これでも太ったんだよ」

「何キロですか？」

「十キロ」

その答えを聞いて、利都は小さな声で笑った。冗談だろう。チカが今より十キロも痩《や》せていたら、骨と皮だけになってしまう。

「チカさんには、私の余分なお肉あげますね」

「女の子って、皆そう言うけどさ、余分なお肉のない女の子なんてダメだよ」

「えー、嫌です、いらないです！」

「いやいや、俺はそんなの認めないね。肉つけようよ、女子は余分な肉があってこそでしょ」

チカと軽口を叩き合い、笑いながら、利都はブラウニーを頬張った。

この王子様には謎が多い。でもチカが親切で楽しい人だというのは間違いない。

「今日、本当に楽しいです。ありがとうございます、チカさん。こんなの一ヶ月ぶりくらい」

思わず漏らした本音に、チカが笑みを消し、驚いたように目を見張る。

「どうかしましたか？」

「あ、いや……」

チカが珍しく無表情になっている。

利都は不安になり、隣の彼を見上げた。

「そっか……一ヶ月前か……」

チカはそう呟《つぶや》いたあとで、カラカラとアイスコーヒーをストローでかき回した。

「ね、りっちゃん、この水出しコーヒー、本当に美味《おい》しいでしょう」

今の呟《つぶや》きはなんなのだろう。不思議に思いながらも頷《うなず》いた利都の顔を、チカがじっと見つめた。

「なんか、今、そんなふうに笑顔でいてくれるとホッとする」

「えっ?」

「あ、いや、なんでもない。りっちゃんは笑顔が明るくていいなと思っただけ」

首をかしげる利都に微笑みかけ、チカが再びアイスコーヒーをかき回す。

「ねえ、りっちゃん、次どこに行く? 梅の花でも見に行く?」

「梅の花ですか? 見たいです」

次の予定を聞かれるということは、まだこの楽しい時間は終わらないのだ。そう思った瞬間、利都の心がぱあっと華やいだ。

チカの態度に対する、小さな疑問も吹き飛ぶ。

「じゃあさ。電車で二駅くらい先の公園に、すごく大きい梅の木があるんだ。それを見に行こう」

「はい」

利都は満面の笑みを浮かべて頷《うなず》いた。チカは、口元をほころばせて利都を見つめている。

「りっちゃん、楽しい?」

「楽しいです……あの、最初はチカさんは何者なんだろうと怪しんでいたんですけど、今はそんなことないです」

「そっか、良かった! 誘ったかいがあった」

チカがほんのりと耳を染めてしみじみと言う。

「……俺なんか、どうせ信用されないだろうなと思ってたから嬉しいよ。俺、昔から女の子に言われるんだよね。派手に遊んでそうだって」

「派手に遊んでそうですよ？　イケメンすぎて彼女が五人くらいいそう」

半分本気で、半分冗談めかしてそう言うと、チカがわざとらしく眉をひそめた。

「こら、待て。俺は真面目なお兄さんなんだけど」

「私なんか、なにも持っていない孤独なＯＬですよ」

『なにも持っていない孤独なＯＬ』という自虐《じぎゃく》的な言葉が、利都の胸に突き刺さる。

冗談で口にしたはずのセリフなのに、その言葉は意外な強さで利都の心をえぐった。

そうだ、自分にはもう、親友も恋人もいないのだ。痛みをごまかしても、その事実は変わらない
し、あの二人に笑顔で会える未来は、永遠に来ない……

不意に表情を陰《かげ》らせた利都に驚いたのか、チカが首をかしげて言った。

「どうしたの？」

「あ、いえ、なんでもないです」

慌てて首を振る利都の傍《かたわ》らで、チカが頬杖をついて呟《つぶや》いた。

「なんだか、ほっとけない顔するね」

「えっ……」

ほっとけない顔、とは、どういう意味だろう。

「俺もさ、自分が我慢すればいいや、ってすぐ溜め込んじゃうタイプなんだけど、そういうのダメ
だよ、辛《つら》いことは抱え込んじゃダメ」

利都の心臓が、どくん、と鳴った。

無意識に胸の上で拳《こぶし》を握り締めながら、利都はじっとチカを見つめた。

チカの美しい顔もまた、なにか痛みを抱えているように思えた。その痛みの正体はわからないけれど、間違いなく彼は心に傷を持っている。

「は、い」

少しかすれた声で利都は返事をした。チカはなにを考えているのか。どうして自分に優しくしてくれるのだろう。

「どうしたの、そんなきょとんとした顔して。俺マジで言ってるんだから信用してよ」

「い、いえ、あの、チカさんもなにか、辛《つら》いことがあったのかなって」

そこまで言いかけて、利都は慌てて指先で口を覆《おお》った。出会ったばかりの人に対して踏み込みすぎだ。

「な、なんでもないです、すみません、余計なこと言って」

チカが目を見開いて、じっと自分を見ている。気を悪くさせたかな、と首をすくめた利都からゆっくり目をそらし、チカが小さな声で呟《つぶや》いた。

「えっと、なんて言うか、俺はいい年して、自分の実家が嫌いなんだよね。ちょっと問題の多い家でさ。そのせいでかなり悩んで、それを誰にも言えずに溜め込んで、一度身体を壊しちゃったんだ」

瞬《まばた》きもせずにコーヒーのグラスを見つめていたチカが、弾かれたように顔を上げ、取りつくろっているみたいな明るい声で言った。

「でも、りっちゃんはせっかく美人なんだから、可愛くして笑ってなって。悩みを溜め込んじゃダメだよ」

チカの優しさは伝わってくるが、すぐには納得できない言葉だった。

笑っても、明るく振る舞っていても、心に突き刺さったまま消えないものはある。

弘樹と舞子にされたことのように、なにをしても抜けない棘《とげ》はあるのだ。

そういう棘《とげ》はどう扱えばいいのだろう。どうすれば自分の痛みは消えるのか。

今だって、触れようとするだけで心が痛い。気づいたら、利都はかすかに目に涙を溜めて、チカに尋ねていた。

「……どうしても心から消せない傷は、どうしたらいいんですか？　どんなに悩んでも、私にはまだわからないです」

唇を噛《か》んで、利都はチカの答えを待つ。中途半端に優しいことを言うなら、その先も教えてほしい。

――私は親友も恋人も一度に失ったのに。今の私にはなにもない。もう、どうしたらいいのかわからない……！

利都は、睨《にら》みつけているみたいな強い視線で、チカをじっと見つめた。

「それは」

利都の眼差しの強さに押されたのか、チカが虚を衝《つ》かれたように、言葉を失った。

からからと換気扇の回る音が聞こえる。マスターは、カウンターの隅で雑誌を手に座り込んでいた。ほんのりと暗い喫茶店のなかに、不思議な沈黙が落ちる。

「あ、あんまり、男に弱みを見せないほうがいいと思うよ。なんて言うか、あの、勘違いする奴いるって、絶対……」

チカが少し動揺した様子でそう言い、慌てたように残りのアイスコーヒーを喉《のど》に流し込んだ。

利都は顔をしかめたまま、チカの端整な横顔を見つめた。

今のはどういう意味だろう。なんだか、話が繋がっていないような気がする。

「とにかく、辛《つら》いことがあるなら俺にぶちまけていいって。聞くしかできないけど、聞いてあげるよ。りっちゃんが辛《つら》くなくなるまで話を聞いてあげる」

チカが気を取り直したように微笑む。

利都は申し訳なくなり、うつむいた。

――ああ、今のは、私の八つ当たりだ……

謝ろう、と思って顔を上げた利都の前で、チカが唐突に立ち上がった。

「そ、そうだ、梅の花、見に行こうか。マスター、お会計お願いします」

利都は謝罪しそこねたまま、チカにつられて立ち上がった。チカが利都と二人分の会計をしてくれる。

「チカさん、自分の分はお金払います」

「えっ？」

ぼんやりしていたチカが、なぜか赤い耳をして振り返った。

「あ、会計？　いいよ、奢《おご》るよ」

チカがドアを引いた瞬間、明るい光が差し込んできた。チカの淡い色の髪がきらきらと輝き、繊細な色合いの瞳に淡い影を落とす。

「りっちゃん、あの、さっきの話だけど……」

チカがわずかに赤く染まった顔で、利都から視線をそらしながら言った。

「ほんとにさ、なにか嫌なことがあるなら、楽になるまでいくらでも俺に愚痴《ぐち》っていいからね」

楽になるまでいくらでも、という言葉が、意外なほどの強さで利都の心をすくい上げる。

たとえ表面だけであっても、利都の悲しみに寄り添おうとしてくれる人がいる……その事実が、利都の心を明るく照らした。

「え、あ、ありがとう……ございます……大丈夫、です」

ぎこちない口調で利都は言った。頑《かたく》なに目をそらしていたチカが、意を決したように手を伸ばし、利都の手を取った。

——手、握られた！

再び利都の心臓が跳ね上がる。チカは利都の手を引き、早足で歩き出した。

「これから一緒に梅の花見よう。綺麗だよ。気分転換になるから」

チカの言葉に、利都はこくりと頷《うなず》いた。顔が熱く、真っ赤になっていることが自分でもわかる。

けれど利都の手を引いて先を歩くチカの耳も、同じように真っ赤に染まっていた。

チカに化粧の仕方を教わった日から、利都は自分に似合うメイクに挑戦し始めていた。

シックなブラウンで目の周りを淡く彩《いろど》ると、なんだか『できる女』になったようで、仕事も捗《はかど》る気がする。

「よし」

一日の仕事を終え、利都は帰宅前に会社の化粧室の鏡で朝塗ったアイシャドウを確認し、ブラウスの襟《えり》を直す。

チカからプレゼントされたアイシャドウに励まされているような気がして、なんだか一日頼もしかった。

幸せな気分で、利都は鞄《かばん》からスマートフォンを取り出した。

チカからまたメールが来ている。梅の花を見に行ったあと、利都はフリーメールからではなく、携帯のキャリアメールからチカにメールを送った。

彼は忙しいようなのに、こまめにメールをくれる。

チカは利都のことを友達だと思ってくれているのかもしれない。日曜日、ほんのわずかな間、手を繋いで歩いたことを思い出して、利都の表情は緩《ゆる》んだ。

『今日も一日お疲れ様です。知り合いと話がついたので、りっちゃんをどこで見かけたのか話せそうです。今日、電話しても大丈夫？』

メールには、そう書かれていた。チカが電話をかけてくる。あの甘い優しい声を耳元で聞ける瞬間を想像しつつ、利都はスマートフォンを鞄《かばん》にしまった。胸が、どくどくと高鳴っている。

——浮かれて変なこと書いちゃいそうだから、返事はあとにしよう……

深呼吸をし、利都は化粧室を出た。

今日の晩ご飯はどうしようかな、冷凍のパスタでいいかな、そう思いながら、利都は弾む足取りで会社をあとにする。

いつもの電車に揺られていたら、ようやく落ち着いてきた。利都はそっとスマートフォンを取り出す。

『ありがとうございます。今日の仕事は無事に終えました！　八時過ぎに家に着くので、それ以降であればいつでも大丈夫です』

深呼吸をして、メールを送信した。

——電話、本当に来るかな？

利都は自然と浮かぶ笑みを押し殺し、吊革につかまった。

家の最寄り駅で電車を降り、電話に備えて早く帰ろうと、少し暗いけれど近道になる裏道に足を踏み入れる。

普段は人通りの多い道を帰るのだが、今日は早く帰宅したい。

うきうきした気分で人気のない公園を横切った、その時だった。

突然、太い腕に喉《のど》を捕まえられる。

え、と思った瞬間、利都の身体は軽々と引きずられた。

汗臭い異臭が鼻につく。真っ白になった頭で、腕を振り解こうと利都は必死にもがいた。引きずられた身体がよろめき、足からパンプスが転げ落ちる。

変質者だ、と利都はようやく気づいた。全身に震えが走る。

大声で助けを呼ぼうとしたが、首を絞められていて、声がまともに出なかった。

抵抗しても男の力は強く、腕は外れない。

助けて、と祈った瞬間、自転車のブレーキ音が響き、男性の怒鳴り声が聞こえた。

「おいそこ！　なにしてる！」

どん、と利都の身体に衝撃が走る。

地面に突き飛ばされた利都の目を懐中電灯の眩《まぶ》しい光が、焼いた。

「待て！」

地面に転がされたまま、利都は呆然と辺りを見回す。

「大丈夫ですか？」

ぼさぼさになった頭を直しもせず、利都は目の前にかがみ込む警官に頷《うなず》いた。

間一髪、パトロール中の警察官に助けてもらえたんだ、と気づいたのは一瞬あとだった。

ぐちゃぐちゃになって脱げかけたコート、ボタンの飛んだブラウス、破れたタイツというとんでもない姿のまま、利都は派出所で頭を下げた。

「すみませんでした。もうあの道は使わないようにします……」

思いきり首を絞められたせいか、ひどく喉《のど》が痛い。

「変質者が頻繁に出てましてね、最近パトロール強化中だったんです。夜道では絶対に油断しないでください」

携帯を見ながら歩くな、音楽を聴きながら歩くな、マンションに入るなら辺りを見回してからにしなさい。警官の注意にぼんやりする頭で頷《うなず》きながら、利都は涙をこらえた。

「大丈夫？　親御さんに迎えに来てもらう？」

「いいえ、私は一人暮らしなので……ご迷惑をおかけしました」

そう言って利都は立ち上がった。

家の近くにまだアイツがいるかも、と思うと不安でたまらない。

駅前に夜中まで開いているファミリーレストランがある。そこでちょっと休んで、タクシーで帰ろう。そう思い、利都は足を引きずるようにして歩き出した。

レストランのボックス席に腰を下ろす。ぐちゃぐちゃになったブラウスを隠すためにコートを羽《は》織《お》ったまま、利都は飲みものだけ注文して、大きく溜息をついた。

その時、鞄《かばん》のなかでスマートフォンが鳴っていることに気づいた。

慌てて壁の時計を見る。

もう九時だ。

あんなことに巻き込まれて、チカからの電話を気にかける余裕はなかった。

利都は鞄《かばん》から財布だけを抜いて立ち上がり、電話を片手に店の出入口付近まで移動した。足は痛んだが、なんとか歩ける。画面を見ると、やはりチカからの電話だった。

「……はい」

喉《のど》が痛いが、利都はあえて明るい声で返事をした。

『こんばんは……あれ、りっちゃん？　声変じゃない？　どうしたの？』

チカの優しい声が、耳をくすぐった。たった二度一緒に過ごしただけの、王子様の言葉が利都のなかに蘇《よみがえ》る。

なにか嫌なことがあるなら、俺に愚痴《ぐち》っていいからね、という言葉だ。

気づけば、利都の目からボロボロ涙が零《こぼ》れていた。

社交辞令だとわかっているのに、その言葉に縋《すが》りたい自分が情けない。出会って日の浅いチカを頼るなんて図々しいと思うけれど、怖い目にあって、不安でどうしようもない利都は余裕を失っていた。

「え、っと、あの、さっき変質者に首絞められちゃって……」

電話の向こうで、チカが黙り込む気配がした。

しまった、と思い、利都は慌てて口をつぐむ。重い話をして嫌がられたのだ、と思い、利都は震える声で、話を終わらせようとした。

「そんなわけで、取り込み中なので、あとで改めて電話します」

小さく唇を噛《か》み、呟き込みながらそう言って、スマートフォンの通話ボタンをオフにしようとした瞬間、チカの慌てたような声が聞こえた。

『待って！　今どこにいるの？　そこ家じゃないよね？』

「え……？」

『今から行く！　大丈夫？　どこに行けばいい？』

「大丈夫です」

『いや、大丈夫じゃないよ。そこどこ？　家まで送るから。ちょっと待ってて。どこにいるの？』

利都は口を閉じた。

なぜこの王子様は、こんなに優しいのだろうか。

込み上げる嗚咽《おえつ》をこらえながら、利都は切れ切れに言った。

「……駅の、ファミレスに、います……」

『何駅？　なんて店？』

店を出入りする人達にジロジロ見られながら、利都はゴシゴシ顔を拭《ぬぐ》い、チカの質問に答えた。

——一人でいるのが怖い。助けてくれる人がいるなら助けて。

『わかった、そこなら三十分くらいで行けるからお店で待ってて！　危ないから一人で帰ろうとしちゃダメだよ！　わかった？』

「はい」

電話が切れたあと、利都はしばらく、指が痛くなるほどスマートフォンを握り締めていた。

——嘘でしょ、本当に助けに来てくれるの……？　こんな怖い時に一人でいなくていいの？

利都はヨロヨロと席に戻り、涙をハンカチで押さえ、椅子の背もたれによりかかる。

気力が萎《な》えて、しゃんと身体を起こすこともできず、ぼんやりと冷めてゆくコーヒーを眺めていた。

三十分ほど経った頃、入口から駆け込んでくる、キラキラと輝く淡い髪の毛が見えた。

――チカさんだ！

利都は、慌てて立ち上がった。

本当に来てくれたのだ、という驚きが利都の胸に込み上げる。

辺りを見回していたスーツ姿のチカが、真剣な顔で利都のほうに歩いてきた。

「りっちゃん、ごめんね、待たせて」

店中の人が、チカを振り返って見つめている。だが彼は、そんな視線には慣れているらしく、気にする様子もない。

なにを言っていいのかわからず、利都はうつむいた。

今更だけれど、本当に彼に頼って良かったのだろうか。仕事で忙しかったのかもしれないのに。

そもそも、利都を助ける義理など、彼にはない。だんだん、自分の選択が正しかったのか、不安になってくる。

ボロボロの利都の格好に気づいたのか、チカが顔をしかめた。

「……とりあえず出よう？」

そう言って、卓上の伝票をつかみ、チカが足早に歩き出す。

皆と同じような格好をしていても、チカは際立って美しい。そんな彼の横にぼろぼろの自分が立つことを恥ずかしく思いながら、利都はチカのあとを追った。

「お会計お願いします」

レジの女の子が、頬を赤らめてチカを見上げている。チカが懐《ふところ》から薄い財布を出したので、利都は慌てて自分の財布から千円札を取り出した。ドリンクバーのコーヒーしか飲んでいないので、これで足りるだろう。

「チカさん、自分で会計します。ぼーっとしててすみません」

レジの女の子が、利都と、華やかな空気をまとっているチカをちらりと見比べた。

なんでこんな女の子を連れてるの？　そう言いたげな表情に気づき、利都は小さく唇を噛《か》んだ。

――ああ、私、どうしてチカさんを呼び出してしまったんだろう。

「りっちゃん、俺が払うからいいよ」

「いえ、自分でします、本当にすみません……」

お釣りを受け取りながら、利都はチカに深々と頭を下げた。

「そんなに謝らないで。大変だったよね。俺、びっくりして会社飛び出してきちゃった」

チカの声が曇る。彼は手を伸ばし、利都が抱え込んだ革の鞄《かばん》をひょいと取り上げた。

「今からタクシーで病院行こう、首に痣《あざ》があるし、足も引きずってるし……痛い？」

チカは、利都がどこを怪我しているのかすぐに気づいたようだ。でも、今一番辛《つら》いのは心だ。

「大丈夫です」

利都は首を振った。多少痛くても、夜間病院に行くほどの大怪我ではない。

それに、そんな時間のかかるところに、チカを付き合わせられない。

「すみませんでした。チカさんの顔を見て安心できました。本当になんの関係もないチカさんにご迷惑をおかけして、ごめんなさい」

「あ、いや、俺のほうこそ驚いて押しかけちゃって。迷惑だったかな……ごめんね」

レストランから出たところで、チカが気まずそうな笑顔で言った。利都は首を振り、言葉を探す。

――来てくれて嬉しかったです、って言っていいのかな……

だが、そんな言葉を言う勇気はない。利都はギュッと拳《こぶし》を握り締めて、笑顔を作った。

「そんなことないです。本当にすみませんでした。さっきは動転しちゃってて」

「謝らないでってば。俺が勝手に来たんだからいいんだよ。友達がそんな目にあってるのに放っておけないでしょ」

利都から目をそらし、チカが小さな声で言った。

「タクシー乗り場に行こう、りっちゃんがいいなら、俺が家まで付き添ってあげる。嫌なら、乗り場まで送ったら、俺は帰るから」

「あ、は、はい、もう家に帰りたいです」

利都は、チカの言葉に頷《うなず》いた。

コートから立ち上るわずかな異臭や、ちぎれてしまったブラウスのことを気にする余裕が出てきた。

「あ、待って、その前にドラッグストアに寄ろう。湿布買ったほうがいいよ。喉《のど》には塗るタイプのやつがあると思う。本当は病院で見てもらったほうがいいんだけど」

「大丈夫です」

「大丈夫じゃない。こんな時まで我慢しちゃダメだ」

チカが利都の鞄《かばん》と自分の鞄《かばん》を持ったまま、空いているもう片方の手でふわ、と利都の肘《ひじ》を支えた。

不用意に近づかないようにしつつ、足を痛めている利都をカバーしようとしているのだろう。

——やっぱり、優しい。こんな優しくしてもらっていいのかな……

利都は泣きそうになるのをこらえ、チカについて歩き出した。

チカに頼りすぎてしまったという事実が、だんだん怖くなってきた。

なぜ、彼の善意をこんなに無遠慮に受け入れてしまったのだろう。

利都は街灯に照らされたアスファルトを見ながら何度も涙をこらえた。

「もうちょっとゆっくり歩こうか?」

利都を振り返り、チカが言った。

「すみません、お願いします……」

チカの腕につかまったまま、利都はぎこちなく答える。

利都の目からとうとう涙が落ちた。

——申し訳ないけど、助けてもらえて嬉しい。図々しいな、私……

「りっちゃん、ドラッグストアがまだ開いてる。……どうしたの!?」

「あの……」

振り向いたチカの前で涙を拭《ぬぐ》い、利都は顔を上げた。

「うち、狭いですけど、良かったらお茶飲んでってください」

口にした言葉の大胆さに、傷ついた足が緊張で震え出す。

「え、あの……無理に上がり込みたいとか思ってないからね！　俺、家の前で帰るから」

なぜかほのかに赤面しながら、チカが慌てたように言う。

「いいえ、そんなの申し訳なさすぎるので」

チカの透き通る目から、利都は目をそらす。

自分らしくない真似をしてしまったと気づき、後悔が押し寄せてきたが、あとの祭りだ。

「あの、ご迷惑でなかったらですが……たんぽぽコーヒーっていうの、この前買ったから飲んでいってください」

チカが驚いたように利都を見つめ、ぎくしゃくした仕草で頷《うなず》いた。

「う、うん……ありがとう……じゃあ、それだけもらおうかな……？」

その顔は、さっきよりもさらに、赤く染まっていた。


利都としては、自宅にチカを招き、送ってくれたお礼にコーヒーをごちそうするだけのつもりだった。

それなのになんだかとんでもない展開になってしまった。王子様が床に膝《ひざ》をついて、足の傷の手当をしてくれている。

利都は心から申し訳なく思いながら、チカに詫びた。

「す、すみません、ありがとうございます。手当までしていただいて、あの、汚い足でごめんなさい」

「湿布は絆創膏《ばんそうこう》の上から貼るといいよ。擦《す》り傷はちゃんと消毒しないと」

脱脂綿で丁寧に利都の怪我を拭《ぬぐ》いながら、真面目な表情でチカが言う。

利都は、弘樹が遊びに来た時のために買った小さなソファの上で、カチカチに硬くなったまま、もう一度チカにお礼を言った。

「ありがとうございます」

「このくらいでいいかな。足に触ってごめんね」

チカがそう言って、汚れた脱脂綿をビニールに入れた。

「絆創膏《ばんそうこう》を貼るのはお風呂から出てからがいいよ」

「す、す、すみませ……」

全身の血が顔に集まったかのように熱かった。

利都はちぎれそうなほどにスカートを握り締め、壊れた玩具のように繰り返す。

「ありがとうございます、あの、すみません」

「消毒終わり！　じゃ、俺、帰るね」

チカがビニールをゴミ箱に入れ、ひょいと立ち上がった。利都は慌ててチカを引き留めようと手を伸ばす。

「ま、待ってください、コーヒー、淹《い》れます」

「いいよ、もう遅いから。あんまり女の子の家にい続けるのもどうかと思うし」

「あ……」

壁の時計は十時を指している。

明日も会社だ。彼の言う通り、赤の他人を家に入れるには非常識な時間でもある。

「じゃあね、またなにかあったら電話して。怖いことがあったら、いつでも電話していいから」

チカは笑みを浮かべてそう言い、玄関に立った。

「あ、あとさ、今日の電話の件はまた今度話すよ。落ち着いている時に聞いてほしいから」

「そ、そうだ、忘れてました、その話を聞こうと思ってたんでした……」

品の良い革靴を履き終えたチカが、立ちつくす利都ににこっと笑いかけた。

「今日は疲れてるでしょう。早く寝てね」

「はい、ありがとうございます」

「たんぽぽコーヒーってやつ、今度どこかでごちそうしてよ」

「あっ、あの」

引き留めようとする利都に首を振り、チカが片手を上げ、玄関のドアを開けて出ていく。

「見送りはいいから、ちゃんと家のなかにいなさい。じゃあ、りっちゃん、おやすみ」

「あ、お、おやすみなさい……」

ぱたん、と閉じた玄関の扉を見つめ、利都は溜息をついた。

——ああ、王子様、行っちゃった。

落胆が、利都の胸にゆっくりと満ちていく。

のろのろとドアをロックし、チェーンを掛けて、利都は手を止めた。

ふわ、と利都の鼻先に、森林のような香りが漂う。チカがまとっていた香りだ。

利都はうっとり目を細め、そのまましばらく、冷えきった玄関に立ちつくしていた。

第三章

利都は営業用の書類の作成を終え、時計を見上げた。もう夜の八時だ。

危険な目にあったあの夜以降、チカは一日に一度くらいの頻度でメールをくれる。

夜道に気をつけてね。俺はしばらく出張です。……そんな他愛ない内容だが、メールボックスに彼の名前を見るたびに、利都の胸はどきどきと高鳴る。

大変な迷惑をかけてしまったけれど、友達のように接してくれる優しさがありがたかった。

いつか、たんぽぽコーヒーを一緒に飲めたらいいな、と思う。

ようやく目立たなくなってきた喉《のど》の痣《あざ》に触れ、鞄《かばん》を手に利都は立ち上がった。

「お先に失礼します」

その時、斜め向かいの席の同僚、英里《えり》も同時に立ち上がった。

「待って、利都、下まで一緒に帰ろう。私も今終わったから。主任、お先に失礼します」

「二人共、おつかれさまでした」

書類から顔を上げた上司にもう一度頭を下げ、利都は英里のふっくらした顔を見つめた。

「村上さんのことでちょっと話があるの」

一瞬、血の気が引いた。

舞子のこととはどういう話なのだろう。利都は、あれ以来彼女と話をしていない。それに彼女は結婚退職が決まったと聞いた。もう顔を合わせることもないと安心していたのに。

「どうしたの?」

努めて平静を装って、利都は尋ねた。

舞子の結婚相手が利都の恋人だったことは、誰も知らないはずだ。

コートを着て鞄《かばん》を手にし、利都は英里と一緒にフロアを出た。

「大したことじゃないんだけどさ……あれ、利都、顔色悪いよ?」

「ううん、大丈夫」

「そう?」

英里は心配げに頷《うなず》いて、エレベーターのボタンを押す。

それから、利都を振り返って言った。

「ね、村上さんって前からタバコ吸ってたよね」

「う、うん、結構吸ってたよ」

舞子の『なかなか止《や》められないのよね』という大人びた笑顔を思い浮かべ、利都は頷《うなず》く。

「見かけたのよ。屋上でタバコ吸ってる村上さんを。妊娠してるって話なのに大丈夫なのかなって思ってさ。これは総務の子に聞いたんだけど、その時だけじゃなくって、いつも吸ってるみたいなんだよね」

妊婦がタバコ。それはたしかに良くない、と利都は思った。

「村上さんって、利都くらいしか仲良くしている人いないじゃない？　『タバコ止《や》めたほうが良い』って言ってあげたら？　この前結婚のお祝い届けに行ったら、靴もヒールだったしさ、ああいうのも危ないんじゃないかな」

「そ、そうだね……」

利都は曖昧《あいまい》に頷《うなず》く。英里の言う通りだ。舞子は一体なにを考えているのだろう。

なるべく思い出さないようにしていた舞子の鮮やかな美貌《びぼう》が利都の脳裏に浮かんだ。

自信にあふれ、人とつるむことをあまり好まず、バリバリ仕事をこなしていた舞子。

男性社員からミス澤菱商事なんて呼ばれ、女の先輩から嫉妬《しっと》されても平然と受け流していた気丈な横顔が、懐かしく思い出される。

舞子は親友だった。自慢の素敵な親友だったのだ。あんなふうに裏切られた理由が、利都には未だにわからないし受け入れられない。そんなに弘樹が好きだったのなら、なぜそう言ってくれなかったのだろう。それが恋愛に潜《ひそ》む魔物というものなのか。

「それだけじゃないんだよ、聞いて、利都」

物思いにふける利都の耳に、英里の深刻そうな声が飛び込んでくる。利都は我に返り、英里に視線を向けた。

「お祝いも、足痩《や》せ効果のあるアロマオイルが欲しいとか言うの。アロマオイルって妊婦さんが迂《う》闊《かつ》に使っちゃダメだよね。一応大丈夫なのを調べて選んだけどさ……ちょっと無頓着《むとんちゃく》すぎて怖かった。できたら利都から言ってあげて。赤ちゃんに悪いから、止《や》めなって」

「う、うん……」

一通り吐き出して楽になったのか、英里が笑顔になった。

「あ、そうだ。ねえ、利都は彼氏さんとどうなの？」

冷やかすような英里の口調に、どくん、と心臓が鳴った。

すっと血の気が引いていくのを感じながら、利都はぎゅっと膝《ひざ》の上で手を握り締める。

「あ、あの、別れちゃった……」

「えっ！」

英里が仰天した声を上げ、おろおろと視線をさまよわせる。

「え、っ、と、ごめん、知らなかった」

「ううん、いいの。誰にも言ってなかったから」

利都がなんとか絞《しぼ》り出した言葉すら耳に入らないのか、英里が引きつった顔で繰り返した。

「そっか、そっか、弘樹さんって、忙しそうだったもんね。外資系の銀行員なんて忙しすぎるよ。月に一、二回しか会えないって言ってたもんね。そんなんじゃ、難しいよ」

「うん」

「あ、あの、利都ならすぐ素敵な人見つかるよ。第三営業部の山崎《やまざき》先輩がさ、『今井さんって可愛いよね』って飲み会でいつも言ってるよ。山崎先輩すごいイケメンだよね。売上も毎月トップクラスだし。利都はモテるから、大丈夫だよ」

取りつくろうように、英里が明るい声を出す。

気を使わせちゃダメだ、そう思い、利都は必死で笑みを浮かべた。

「結構前なんだ、別れたの。もう大丈夫だよ」

「あ、そ、そうなんだ……」

英里のホッとした笑顔に、利都もなんとか微笑み返す。

「そうなの。だから気にしないで、私、もうあんまり気にしてないから」

言葉が空虚《くうきょ》に聞こえていないかを気にしながら、利都は英里と別れるまでにこにこと笑い続けた。


重い足を引きずりながら帰途につき、利都は溜息をついて、自宅の玄関の扉を開けた。

玄関にチェーンを掛け、そのままフラフラとベッドに倒れ込む。

舞子の話を聞いて、例えようもない疲労感がどっと押し寄せてきたのだ。

——舞子、なにしてるの。弘樹と上手く行ってないのかな……赤ちゃんが心配じゃないのかな。

ちょっと大雑把な面はあったが、舞子はそんな人間ではなかったはず。誰からもしっかり者と言われ、曲がったことはしない女の子だった。そんな彼女にあっさり裏切られたからこそ、利都は立ち上がることもできないほどのショックを受けたわけだが。

——弘樹もなにしてるんだろう。忙しいからって舞子を放っておいてるのかな。

利都は横になったまま溜息をつく。弘樹は、大学の三年先輩で、利都の所属していたサークルのOBだった。

いかにもエリート然とした男性で、落ち着きすぎていて冷たい感じがすると言う人もいた。

けれど過保護に育てられた一人っ子の利都の目には、『大人』の弘樹は魅力的に映っていたのだ。思えば長いようで短い四年間だった。

弘樹は、利都とは今年の夏までに婚約し、来年の冬には籍を入れたいと言っていた。厳しい父も手堅い弘樹の人柄に納得し、彼との結婚を認めてくれていたのだ。そんな彼と別れることになるなど想像すらしていなかった。

——私にだって、自分なりに思い描いていた幸せな未来が、ちゃんとあったのに……

「なーんにも、なくなっちゃったなぁ……全部ぱぁ」

利都はしんとした部屋のなかで呟《つぶや》いた。

もう自慢の親友も恋人もいないんだな、ということが、不意に腑《ふ》に落ちた。

あの二人は、もう他人。その事実は絶対に変えられないのだ。

利都は重い頭を押さえ、ゆっくりとベッドから出てスマートフォンを手に取る。

舞子のメールアドレスを呼び出し、メッセージを打ち込んだ。

『こんばんは。英里ちゃんに聞いたんですけど、タバコとかハイヒールとか、赤ちゃんに良くないことはしないほうがいいと思います。返事は要りません。舞子、今までどうもありがとう。幸せになってください。利都』

液晶の画面に涙が落ちた。そのまま利都はメールを送り、舞子のメールアドレスをアドレス帳から消す。

利都はこらえきれずに嗚咽《おえつ》した。

——どうして私達、こうなっちゃったの……？　私は舞子のこと大好きだったんだよ……

床にへたり込んだままベッドによりかかり、利都はひとしきり、子供のように泣いた。

その時、手のなかのスマートフォンが震えて着信を告げた。

まさか、舞子からだろうか。少し怯《おび》えた利都の目に、発信者の名前が飛び込んでくる。

『チカさん』

途端、重く淀《よど》んだ部屋の空気が一変する。

利都は深呼吸して、声がおかしくならないように腹筋に力を入れ、電話に出た。

「はい！」

利都の胸が早鐘を打つ。一体なんの用だろう。

『こんばんは。今、電話大丈夫？』

華やかなチカの声が、利都の耳に優しく染み込んだ。

利都はもう一度そっと息を吸い、可能なかぎり明るい声で返事をする。

「はい。もう家なので」

『そっか、今日は怖い目にあってない？』

「大丈夫です、ありがとうございます」

チカの言葉に、利都の頬が思わず緩《ゆる》む。

——私のこと心配してくれたんだ。

先ほどまで心に張りついていた鬱屈《うっくつ》も、王子様の優しい声に洗い流されてゆく。

『あの、もし良かったらなんだけど……』

「はい」

『急な話で申し訳ないんだけど、明日の土曜日、時間ある？』

「は、はい、大丈夫です……」

重かった身体に、ふんわりと羽根が生えたような気がした。利都は空いているほうの手で自分を抱き締め、チカの言葉に頷《うなず》いた。

「明日はなにも予定がないです」

『そっか、ありがとう。ごめんね、この前の日曜も呼び出したのに』

そんなことないです。チカさんに会いたいです。

そう言いそうになり、利都は身体に回していた手を外し、それを口元に押しあてる。全身が熱くて、上手く言葉が出てこない。

『じゃあさ、あの！』

チカが電話口で勢い込むのがわかった。

『あのさ、りっちゃん、嫌だったら嫌でいいんだけど、もし良かったら』

「は、はい」

驚いて利都は姿勢を正す。一体どうしたのだろう。

『車で迎えに行っていい？　どこか遊びに行かない？　あ、でも、嫌だったら普通に電車で行くよ。ドライブ行こうかなって、今たまたま思いついただけだから』

「えっ……ドライブですか？」

『あ、いや、ごめん！　俺の車なんて乗りたくないよね、やっぱり電車で……』

電話口で、チカはなぜか非常に慌てていた。しかし、舞い上がっている今の利都にはチカが焦っている理由を気にする余裕はない。

「いいですよ。ドライブって久しぶりです」

床の上で膝《ひざ》を抱えて丸くなり、緩《ゆる》みそうになる頬を指先で押さえながら、利都はそう答えた。

——私、あまりチカさんのことを知らないから、今回は車に乗るのは止《や》めておきます。

普段の慎重な利都なら、絶対にそう言っていたはずなのに……


緊張でよく眠れないまま、あっという間に朝が来た。

「いきなりドライブになんか誘ってごめんね。車を久しぶりに動かしたくてさ」

ハンドルを握りながらチカが優しい笑顔で言う。

利都は助手席に座りうつむいたまま、自分の痣《あざ》の浮いた膝《ひざ》小僧を見つめた。

車のなかは、アロマオイルのいい香りが漂っている。

随分と居心地の良い車内だ。実家の父の車とはぜんぜん違う。

アロマオイルなんて、普段からチカが用意しているのだろうか、と想像しつつ、利都は首を横に振った。

「い、いいえ、私も図々しく誘いに乗ってしまって」

「んーん、付き合ってくれてありがとう。車って、たまに動かさないとバッテリーが上がっちゃうんだよね」

チカがそう言って、ゆっくりとアクセルを踏み込んだ。

今日の彼は、紺色のタートルネックに、明るい色のジーンズを穿《は》いている。

どんな格好をしていても、目が吸い寄せられるくらい格好いい人だ、と利都は思う。

一方の利都は、膝《ひざ》の傷が痛くて硬いデニムのパンツが穿《は》けず、膝《ひざ》上のデニム生地のスカートに、膝《ひざ》下までの黒い靴下とスニーカーを履いていていた。

動きやすい格好のつもりだったが、子供っぽすぎただろうか。

落ち着かない気持ちで、利都はやわらかな布のトートバッグの端を握った。

鞄《かばん》のなかには、たんぽぽコーヒーを入れた水筒と、封筒に入れた五千円札がある。

ガソリン代として用意したのだが、今日はどこに行くのか聞いていていなかった。お金は足りるか心配だ。

「りっちゃん」

「はい！」

声が裏返ってしまった。恥ずかしくなって、利都は小さく唇を噛《か》む。

「今日さ、海と神社どっち行きたい？」

「えっと……どっちでも」

「じゃあ両方行こうか？」

前を見たままチカがニッコリ笑う。

怖いくらいに整った顔なのに、笑顔は人懐っこく、見ているとホッとする。この人は、誰かのことを嫌いになったり、意地悪をしたりすることがないんじゃないか、そんな安心感を利都に与えてくれる。

そんなチカの笑顔が眩《まぶ》しくて、利都は思わず視線を下げた。

その拍子に、右足の近くでわずかに光るものが目に入る。利都はそれを拾い上げた。

それは、意外なものだった……飾りけのない、黒い髪留め。

誰の髪から落ちたものだろう？

そう思った瞬間、利都の心がズキンと痛む。

この車に、最近乗った女の子がいたのかと想像する。

アロマオイルの香りが、ふわりと利都の鼻先をくすぐった。

——チカさん、いつも車に乗せてる女の子がいるのかな……

「あ、それ落ちてた？　ありがと」

赤信号で車を止めたチカが、利都の手から髪留めを取り上げた。

「あ、あの……それ……」

「髪切る前に使ってたんだよね。運転中、邪魔でさ」

チカが器用に前髪を持ち上げ、留めた。形の良い額をむき出しにしたチカがニッコリ笑って親指を立てる。

「ほら！　でも今やると、髪が短いから変だよね」

チカの笑顔に、利都はなんとか愛想笑いを返す。

この髪留めは女の子のものではないのだろうか。

なるべく自然な感じを装い、利都は言う。

「彼女さんのかと思いました」

もしもそうだとしたら、すぐに車を降りたい、と利都は思った。

――やだな、チカさんのことに口出しする権利なんかないのに、どうしよう、嫌だ、なんだか泣きそう……

そんな利都の心情を知ってか知らずか、チカが静かな声で言った。

「そんなわけないでしょ。俺、彼女がいたら女友達をドライブに誘ったりしないから。お、青だ」

チカがそう言って、再びアクセルを踏む。髪を無理やり挟んだ髪留めが、チカの膝《ひざ》の上に滑り落ちる。

前を見たままハンドルから左手を離し、チカが髪留めを持ち上げて、利都に差し出した。

「あげる」

「えっ？　は、はい」

利都は慌てて、その黒い髪留めを受け取った。

「俺、もう髪は伸ばさないからいいや。良かったら、それ、りっちゃんが使って」

「あ、ありがとうございます」

利都は微妙な気持ちで、それを受け取る。

『彼女はいない』とチカは断言した。

でも、考えてみれば、チカの周りに女の子が集まらないわけがないのだ。この車に乗りたがる女の子はいくらでもいるだろう。

優しくて、王子様みたいに格好いいのだから。

浮かれていた自分を恥じる気持ちが、じわじわと利都の心に湧いてくる。なんだか惨《みじ》めで、心が痛かった。

「えっと次、左かな。高速左だよね?」

「あ、は、はい」

カーナビを確かめ、利都は頷《うなず》いた。

ハンドルを握りながら、チカが上機嫌で言った。

「今日ありがとね。りっちゃんがドライブに付き合ってくれて良かった」

チカが本心から嬉しそうにお礼を言ってくれたので、利都はびっくりして、チカの横顔を見上げた。これ以上綺麗な形にはならないだろう、というくらい完璧なカーブを描いた口元が、眩《まぶ》しい光に縁取《ふちど》られている。

もやもやした気持ちも忘れ、利都は一瞬チカに見とれた。

——ああ、やっぱり王子様みたいだ……

利都の心にぐちゃぐちゃとわだかまっていたものが『ドライブに付き合ってくれて良かった』の

一言で軽やかに拭《ぬぐ》い去られる。

「この前一緒に出かけた時、楽しかったんだ。だから俺、りっちゃんともっと仲良くなりたくて」

「え、え、えっと……ありがとうございます……」

利都は再び、トートバッグの端を握り締めた。

すぐに赤くなってしまう頬を意識して、じっとうつむく。その様子を知ってか知らずか、視線を前に向けたままチカが言った。

「サービスエリアで休憩しようか」

「はい……」

利都は、蚊《か》の鳴くような声で答えた。

チカと初めてカフェで出会った日のことを思い出す。

ただ同じ雑誌を取ろうとしただけ。それだけのことで、気さくに声をかけてきたチカ。

この優しく美しい人は、きっと誰からも受け入れられ、愛されてきたのだろう。だから、なんのてらいもなく、誰の懐《ふところ》にでも飛び込んでゆくのだ。

——私だけが特別扱いなんじゃない。チカさんは誰にでも優しくて、皆からも……好かれてるんだ。

「りっちゃん、寒くない？」

「大丈夫です！」

物思いに沈んでいた利都は慌てて顔を上げ、笑顔で答えた。

「後ろの席に膝《ひざ》掛《か》けがあるから」

「膝《ひざ》掛《か》け……？」

やっぱり、普段女の子を乗せているのかな、と思った利都に、チカが笑いながら言った。

「今朝来る途中で買ったんだよ。初めて女の子が俺の車に乗ってくれるんだもん。なんか準備に張りきりすぎちゃった」

「準備……ですか？」

「だって男の車が汚かったら嫌でしょ？　そんな奴とドライブしてやる価値ないって思われたくなくてさ」

利都は慌てて首を横に振った。

「そんなことないです！」

――私は誘ってもらっただけで嬉しかったです。今はちょっと、不安だけど……

利都はその言葉を呑み込み、手のなかの髪留めをぎゅっと握り締めた。


「よっしゃ、あったあった」

サービスエリアのカフェでスマートフォンをいじっていたチカが、なぜかガッツポーズになる。

ソフトクリームをちまちまと食べていた利都は、無言で首をかしげた。

「ほらー！　さっき疑われたやつ！　俺がつけてるじゃん！　俺のだよ？」

差し出されたスマートフォンの画面には、今より随分長い髪のチカが満面の笑みで写っている。

顔に化粧をし、前髪を、利都がさっき貰った髪留めで留めていた。

チカのそのすぐ横には、ピースサインをした体格の良い男前が寄り添っている。

「あ、ほんとですね」

「良かった。尻軽野郎だと思われたかもって、焦った！」

チカがそう言って、笑いながらスマホを鞄《かばん》に放り込んだ。

「去年のハロウィンパーティで女装させられてさ、その時の写真なんだ。化粧してくれたのは横に写ってた友達」

「そうなんですか……」

「あっ、いや、待って。俺が女装させられた話なんかどうでもいいよね」

「いえ、すごいですね、女装だなんて」

利都は言葉を濁《にご》し、ソフトクリームにスプーンを突っ込んだ。

髪留めのことを疑ってしまうなんて……。妬《や》く資格もないのに、と嫌になる。

――でも、今ちゃんと説明してもらった。もしかしたらアロマオイルも膝掛《ひざか》けもわざわざ準備してくれたのかも。だとしたら逆の意味でどうしよう……

利都は落ち着かない気持ちで、そわそわと足を動かす。

ソフトクリームは、食べるのが遅いせいか全然減らず、溶けてきた。

「りっちゃん、それ、垂れてる」

「す、すみません、全然食べ終わらなくて。ちょっと量が多くて……」

焦って利都は答えた。

スプーンでのろのろ食べていたのが良くなかったのかもしれない。緊張で全然進まないのだ。

「俺、貰っていい？」

利都の返事を待たず、チカがソフトクリームにがぶりと噛《か》みついた。まるで減らなかった山が、突然半分くらいの大きさになる。

一瞬遅れて、利都の顔に血が上った。

今日の私は青くなったり赤くなったり忙しいな、と思いながら、利都はチカの顔を見上げた。

「うわ！　冷たっ！　でも美味《うま》っ！」

チカが口を押さえてそう呟《つぶや》く。

「りっちゃん、全部ちょうだい」

口元を手の甲で拭《ぬぐ》ったチカが、利都の手からソフトクリームのコーンを取り上げ、三口ほどで平らげてしまった。

「あ、あ……」

動転した利都は、慌てて鞄《かばん》からウェットティッシュを取り出す。

「あの、お手拭きをどうぞ……」

「ありがと」

チカが無造作にそれで口元を拭《ぬぐ》い、ニコっと笑った。

「俺コーヒー買ってこようかな。りっちゃんもいる？」

「あ！　待ってください！」

利都は鞄《かばん》を探り、ステンレスのボトルを差し出す。朝淹《い》れてきた、たんぽぽコーヒーだ。

チカが小首をかしげて、利都の手からボトルを取り上げた。

「りっちゃん、コーヒー淹《い》れてきてくれたの？」

「はい」

頷《うなず》く利都に、チカが口元を緩《ゆる》めて言った。

「すごい、気が利く。ありがとう」

「たんぽぽコーヒーです」

「あ、この前言ってたやつ？　たんぽぽの味がするのかな？　するわけないよね。俺、なに言ってんだろうね？」

チカの冗談に、利都は思わず噴き出した。

「たんぽぽの根っこでできてるんです」

利都の笑顔から、チカが一瞬目をそらす。白い耳の先をわずかに赤く染め、慌てたようにボトルの蓋を開け、口をつけた。

「いただきます……あ、すごい、ほんとだ、コーヒーの味がする」

「ふふっ」

おどけたように目を見張るチカの仕草に、利都は思わず笑い声を立てた。

悲しくなったり楽しくなったり、今日のドライブはチカに気持ちを振り回されっぱなしだと思いながら利都は綺麗な王子様の顔を見つめた。

ソフトクリームを食べ終えたあと、一時間ほどドライブは続いた。

高速を下りてしばらくして、チカは、どこかの神社らしき敷地内に車を停《と》めた。

「駐車場が空《す》いてて良かったね、行こう！」

チカがそう言って、森のなかの緩《ゆる》やかな階段を上ってゆく。

利都は息を弾ませながら、軽やかな足取りのチカを追った。

引きこもってばかりいたので、体力が落ちているようだ。

——何段続くんだろう、この階段、苦しい……

そう思って歩みを緩《ゆる》めた瞬間、目の前のチカが立ち止まる。

「りっちゃん、大丈夫？」

「す、すみません、運動不足で」

「ごめんね、一緒にゆっくり行こう」

なんでもないことのように、チカが利都に肘《ひじ》を差し出した。

ためらった末、利都はそっと手を伸ばし、指先だけを彼の腕にかけた。

「俺が引っぱってあげる」

無邪気な笑顔で、チカが言う。

利都は顔が赤くならないよう必死に念じながら、小声でありがとうございます、と言った。

心臓がどくどくと高鳴る。

このしんとした森のなかでは、チカにこの音が聞こえてしまうのではないかと不安だった。

利都の鼻先に、石鹸《せっけん》のような森の緑のような、なんとも爽《さわ》やかで優しい香りが届く。車のなかに満ちていた香りだ。チカのまとう香りだと思うだけで、胸が苦しい。

「この先、すごく見晴らしがいいんだよ」

「ここ、どこですか？」

「八幡様《はちまんさま》」

チカが言うのと同時に、階段の終点が見えた。木々の間に屋根が見える。

利都は最後の段を上り終えて、そっとチカの腕から指を離した。

王子様のエスコートタイムは終わりだ。利都は精一杯、落ち着いた笑みを浮かべてみた。

「ありがとうございました」

「いいえ」

チカが透き通るような笑顔で言い、大きな建物を見上げた。

「手水舎《ちょうずや》で手を洗ってから本殿に行こう」

「はい」

利都は四角い石の桶にあふれる水を柄杓《ひしゃく》ですくい、チカに言われた通りに手と口を清めた。

それからチカのあとについて、大きな本殿に回る。

赤い柱の前で一礼し、拝殿《はいでん》前の賽銭箱《さいせんばこ》に百円玉を入れて、手を合わせた。

――なにをお願いしよう……

そっと目をやると、チカは真剣な顔でなにかを祈っているようだった。利都は一瞬彼に見とれ、慌てて目を伏せる。

――お祈り……仕事が上手くいくように……かな？

自分の本当のお願いをごまかしている、と思いながら、利都は拝殿《はいでん》に深々と頭を下げた。

「行こうか」

小さな声でチカが言う。利都は頷《うなず》き、彼を追って拝殿《はいでん》の門を出た。

利都達がたどってきた道は、駐車場から近い、拝殿《はいでん》脇の裏参道だったらしい。拝殿《はいでん》の正面には、長い長い急な階段があった。

その下には真っ直ぐな参道が伸び、春霞《はるがすみ》に煙《けむ》る街の風景が広がっている。その先にとろりと輝いているのは、青い海だ。

「うわぁ、綺麗……」

利都は思わず声を漏らした。

「いい眺めだよね。この階段下りて、下のほう見て回ろうよ。いろいろあって面白いよ」

チカがそう言い、急な階段を指差す。

――うっ、高いところ怖いかも……

ためらっていることに気づいたのか、握り締めていた利都の手を、チカがそっと取ってくれた。

「怖い？　りっちゃん」

「あ、あ、あの」

チカに手を握られている。それを意識した瞬間、断崖《だんがい》のように見えた大階段の恐怖が吹き飛んだ。

「ゆっくり下りよう？」

ギクシャクと利都は頷《うなず》き、チカに手を引かれて階段を下り始めた。

触れられている指先が熱い。美しい眼下の光景も、澄みきった凛《りん》とした空気の味もわからなくなってしまった。

すれ違う人達が、チカを振り返る。そういえば、あの日迎えに来てくれたファミレスでも、皆が彼を見ていた。まるで、光を集める王子様のようだ。どうしてこんなに素敵な王子様に自分は手を引かれているのだろう。利都はチカの体温を感じながら、おっかなびっくり階段を下りきった。

「りっちゃん、鯉《こい》のエサ買わない？　この先の大きな池で鯉《こい》にエサをあげられるよ」

チカのいきなりの言葉に、利都は顔を上げた。

それから、手を繋いだままでいることに気づいて、慌てて手を引っ込めようとする。

「行こうよ」

チカがふわりと笑って、利都の手を握る指に力を込めた。

――このまま手を繋いでいてもいいのかな？

利都は小さく息を吞み、キラキラ輝く王子様から目をそらして、少しだけ指に力を入れた。

チカのしなやかな指は温かくて、利都の手をしっかりとらえたままだった。

鯉《こい》のエサやりは、かなり楽しかった。池の底から大量の鯉《こい》がエサめがけて上がってきて、争って口をパクパクさせる光景は、なかなか忘れられそうにない。

「すごかったね、エサを取りにくる鯉《こい》の勢い」

チカが笑顔でハンドルを切りながら言った。利都も笑顔で頷《うなず》き、自分の上着の裾を握る。落ち着かない時になにかを握ってしまうのは、気の弱い利都の昔からの癖だった。

「ものすごい生存競争って感じだったよね！　あんなの、俺が鯉《こい》だったらエサ食えなくて死んじゃう！」

「私も……」

車に乗るまでチカとずっと手を繋いでいたことを思い出すと、変な汗が出てくる。だがそれをなるべく意識しないように、利都は明るい声で相槌《あいづち》を打った。

「りっちゃんの場合、周囲の勢いにビビって隅っこで泣いてそう」

チカの言う通りだと思い、利都はちょっと笑った。大人になっても気が弱くて、言いたいことも言えずびくびくしているところは変わらない。

「でもりっちゃんのそういうところが可愛いんだよね、なんかこう、ふんわりおっとりしてて」

チカが優しく言って、ゆっくりとブレーキを踏み込む。

「ねえ、あのさ、変なこと聞いてもいい？」

可愛いと言われてドギマギしていた利都は、緩《ゆる》んだ表情で顔を上げた。

「なんですか？」

「あの……りっちゃんって間宮くんと知り合い？」

チカの口から出た意外な名前に、利都の頭が一瞬真っ白になった。

間宮弘樹。

それは、利都を捨てた元恋人の名前だ。

「え、あの、えっと」

「知り合いなのかな。いやあの、ごめんね。なんて言っていいのかわからないけど、りっちゃん、一ヶ月半くらい前に、泣きながらお店を飛び出していったことない？」

ふわふわ温かかった気持ちが、すうっと冷えてゆく。利都は動揺を抑えながら、震える声でチカに問い返した。

「あの……どういうことですか？」

「前にさ、東京駅の近くのレストランで友達と飯食ってたらさ、いきなり椅子が倒れる音がして……振り返ったら、女の子が泣きながら飛び出してくのが見えたんだよね。それが、俺がりっちゃんを初めて見た時なんだ。その時、りっちゃんが一緒にいたのは間宮くんと、俺の知らない女の子」

利都は息を呑んだ。

東京駅の近くのレストラン。場所も、一致している。

キリキリと痛み始めた胃を服の上から押さえ、利都はなんとか、言葉を絞《しぼ》り出す。

「チカさんは、間宮さん……と、知り合いなんですか？」

「まあ、そうね、知り合いといえばそうかな。何度か会ったことがある程度だけど」

利都は口を開いた。

「あの人、彼氏だったんです」

嫌だ、チカにはこんな話したくない。

そう思っているのに、余裕を失った利都の口から勝手に言葉が零《こぼ》れ出す。

「振られるところ、おもいっきり見られちゃってたんですね。嫌だな。あの、間宮さんは、私の親友のことが好きだったんです。私じゃなくて。それで、振られて、お店から飛び出すなんて、恥ずかしい、真似……」

最後まで言えず、利都は顔を覆《おお》った。

突然襲ってきたショックで、目から涙がぼろぼろと零《こぼ》れ落ちる。

なぜ一番思い出したくない記憶を、一番触れられたくない人に引きずり出されねばならないのか。

いや、チカはなにも悪くない。悪いのはめぐり合わせだ。利都は必死で歯を食いしばり、嗚咽《おえつ》を噛《か》み殺す。

ハンドルを握るチカはなにも言わなかった。

いい香りのただよう車内を異様な沈黙が満たす。

——私のばか。せっかく……楽しかったのに、自分でぶち壊しにして……

ハンカチを顔に押し当てながら、利都はひたすら涙をこらえた。チカは黙って車を走らせ続け、やがて明るい浜辺で車を止めた。

「海、着いたよ」

利都は首を横に振った。

「ごめんなさい。もう帰りたい……です……」

こんな気持ちではなにも楽しめない。

それなのにチカは利都をおいて、車から身軽に飛び出す。

そして、助手席の扉を外から開け、ひょいと利都の顔を覗き込んだ。

「いや、俺のほうこそしらけるようなこと言ってごめん。あの、仕切り直しのチャンスくれる？」

チカが手を伸ばし、利都のシートベルトを外した。

「あ、あの」

「さ、お姫様、余計なことを言ったアホな俺をお許しください」

チカが利都の両脇に手を入れ、車高の高いＳＵＶの助手席から、利都を抱え下ろした。

女性一人を車から抱え下ろすなんて、細身に見えて相当な力だ。

突然のことに絶句する利都の肩を抱き、車にロックをして、チカが片目をつぶる。

「りっちゃん、行こ」

そう言ってチカは、ジーンズのポケットから出したハンカチで利都の涙をそっと拭《ぬぐ》った。

返す言葉も思いつかず、涙で汚れた顔のまま、利都はチカをじっと見つめ返す。

――どうしていつも優しいの？　どうして優しくしてくれるの？

唇を噛《か》んだままの利都に、チカが微笑みかけた。

「ごめんね、ほんと俺って気が利かないアホだな。今日はりっちゃんを楽しませたくてドライブに来たのに」

楽しませたくて、という言葉が、利都のひりひりする心に、甘い蜜を垂らす。

「さ、行こ。やり直し、やり直し。さっきの話は全部忘れよう！」

そのまま利都の手をしっかりと握り、チカが歩き出した。

潮風が、たちまち利都の涙を乾かす。チカの形の良い横顔に、絹のような髪が振りかかる。

緩《ゆる》やかに波打つ海が早春の光を跳ね返し、利都の視界を優しく彩《いろど》った。

「いい天気で良かったね、今日はあんまり寒くないし。足元気をつけて」

チカに手を取られ、砂浜を歩きながら利都は頷《うなず》いた。

――大丈夫、もう笑っていられる。チカさんを嫌な気分にさせずにすみそう。

利都は、先ほどチカに抱き上げられた時のときめきと驚きを、そっと心にしまった。

二人で過ごす時間が、淡い夢のようにあっという間に過ぎていく。

利都が小さく息を吸って気持ちを落ち着けた時、チカがのんびりとした声で言った。

「さくら貝落ちてるかなあ……昔はよく拾ったんだけど」

足元を見ながら、チカが言う。

「さくら貝？」

「うん、ピンクの貝殻《かいがら》。子供の頃この辺で、従兄弟《いとこ》と一緒に探したなぁ」

チカが懐かしそうに目を細めて言う。

緑色に透ける瞳が海の光を映し、優しい光をたたえてきらめいた。

「そうなんですか。チカさんはこの辺り、よく来たんですか？」

「うん、この近くに別荘があるから」

「別荘？」

驚いて聞き返した利都に、チカが慌てたように首を振った。

「あ、いや、親が働いてた会社の別荘だよ。よくあるじゃんそういうの……なんて言うんだっけ？」

「ああ、ありますよね。保養所ですか？」

利都の父の勤める銀行にも、そんな保養所があったはずだ。

「そう、保養所だ。保養所によく来たんだよ。あっ」

チカがなにかに気づいたように砂浜にかがみ込む。利都も手を引かれたまま、一緒にかがみ込んだ。チカのやわらかな髪が、利都の目の前できらきらと光る。

「あった、これこれ。はいどうぞ、りっちゃんにあげる」

チカの白い指先で、割れたピンクの貝殻《かいがら》が輝いている。利都はそっと手を伸ばし、甘い色合いの貝の破片を手に取った。

チカが再び立ち上がり、利都の手を引いて歩き出す。

「割れてないやつ見つけたら、またあげるね」

当たり前のように手を繋いでいることに慣れぬまま、利都は黙って頷《うなず》いた。

足元を見ながら歩いていたチカが、ひょいとかがんで、波で洗われた砂の上に手を伸ばす。

「よっしゃ、見つけた！」

チカが立ち上がり、二つ目の貝殻《かいがら》を利都に握らせてくれた。

湿って砂のついた貝殻《かいがら》が、利都の手のひらでころんと揺れる。

滲《にじ》み出るような鮮やかなピンクが可愛らしい。

「チカさん、ありがとう」

「綺麗でしょ。あ、りっちゃん、あそこに座ろう」

チカがそう言って、防波堤を指差した。カップルや親子、犬をつれた人達がくつろいでいる姿が見える。

利都はもう一度、手のひらの甘い色合いのさくら貝を見つめた。

——貰ったコスメと一緒に、引き出しにしまっておこう。

知らず知らずのうちに、利都の唇に微笑みが浮かぶ。

繊細でつやつやした貝殻《かいがら》を壊さないように、利都はポケットからハンカチを取り出して、二つの貝殻《かいがら》を包んだ。

「どうしたの？」

「貝をしまったんです。割れないように」

利都の答えに、チカが一瞬目を見開く。それからほんのり頬を染め、利都の手をぐいと引いた。

「そんなの、探せば一杯落ちてるのに」

「でも、嬉しかったから」

鞄《かばん》のポケットに割れないようにさくら貝をしまい終えた時、チカが堤防を指差し、まだ少し赤い顔のまま言った。

「座ろう」

利都は無言で頷《うなず》き、コンクリートの堤防に腰を下ろした。すぐ隣に、チカが座る。

またいい香りが利都の鼻をくすぐった。

チカからはいつも素敵な香りがするな、と思い、利都はこっそりとその甘く爽《さわ》やかな香りを吸い込んだ。

なんだかとても嬉しい。普段なら絶対にそばにも寄れないような麗《うるわ》しい王子様が、利都のために車を運転して、お姫様のように扱ってくれ、こんなふうに一緒にいてくれることが。

それに、綺麗な貝まで拾ってくれた。なにもかもが夢みたいだ。

――きっと誰にでもこうなんだろうなぁ、だって出会ったばかりの私にまで優しいんだもん……

ゆったり波打つ海を眺めながら、利都はぼんやりと思った。

チカとずっと一緒にいたいけれど、こんな人を独占し続けることは利都には無理だろう。

それは利都ではなく、どこかの見知らぬお姫様の特権に違いない。

利都の目の前を、フライングディスクを追いかけて、大きな犬が走っていった。嬉しそうにしっぽを振って、円盤をくわえて飼い主のもとに戻っていく。あんなふうに無邪気に喜んで、純真に好意を示せたら良いのに。そう思い、利都は愛らしい犬を目で追い続けた。

「いい天気だね」

チカが不意にそう言い、膝《ひざ》の上で重ねていた利都の片手を、自分の腿《もも》の上に持っていく。

どくん、と利都の心臓が鳴った。

「りっちゃん、手が冷たい。寒い？」

「だ、大丈夫……です……」

利都は焦ってうつむく。胸の辺りまである真っ直ぐな髪が流れ落ちて、真っ赤になっているに違いない顔を隠してくれた。

落ち着け、大丈夫、大丈夫、そう自分に言い聞かせながら、深呼吸をして顔を上げる。

「りっちゃん、髪の毛すごく綺麗だね。ストレートパーマとかかけてないんだよね？」

チカが突然、そんなことを言った。利都はぶんぶん首を振る。

「この年になっても、親がすごく厳しいんです。パーマとかカラーとかダメだってうるさくて」

「……髪の毛触っていい？」

チカがほんのり赤い顔で尋ねてきた。

利都が頷《うなず》くと、チカが手を伸ばし、利都の流れ落ちた髪を耳にかけてくれる。

「やっぱり綺麗な髪」

「そ、そんなこと、ないです」

緊張が最高潮に達する。髪に触れられるだけで、心臓が破れそうだ。

「ねえりっちゃん、今度どこか行きたいところある？」

利都はチカに握られていないほうの手で、膝《ひざ》の上の鞄《かばん》をつかんだ。心臓の鼓動がうるさく感じられる。

「こ、今度……？」

そっと利都はチカの顔を見上げた。彼は目を細め、じっと海を見ている。

「今日もこの前も楽しかったから。またどこかに行こうよ」

「そ、そうですね……チカさんが行きたいところがあれば」

そう言った時、フライングディスクをくわえた犬が、とことこと走ってきた。飼い主が呼ぶ声を無視して、堤防に座っている利都達の足元に座り、しっぽを振る。

「あ、この犬、こっち見てるね」

チカが自分の鞄《かばん》を利都の膝《ひざ》に置いて、ぴょんと堤防から飛び下りた。

「なに？　投げてほしいの？」

犬が立ち上がり、激しくしっぽを振った。

犬を追ってきた飼い主の男性が「すみません」と笑いながら言う。

チカが愛想良く男性に話しかけた。

「この子、フライングディスクが好きなんですか？」

「一日中付き合わされます」

「人懐っこいですね」

「もう、こいつは誰にでもこうやってしっぽ振って」

男性が、犬の頭に手をおいて苦笑する。

「俺、一回投げてみてもいいですか？」

「あ、どうぞどうぞ」

「やった、ワンちゃん、それ貸して！」

チカがそう言って、犬が大事そうにくわえている円盤を取り上げ、ぽん、と放り投げた。

軽い動作なのに、驚くほど遠くまで黄色のディスクが飛んでいく。犬がちぎれんばかりにしっぽを振り、すさまじい勢いで追っていった。同時にチカが、犬に負けない速さで走り出す。飼い主の男性が、笑いながら一人と一匹のあとを追っていった。

人懐っこい犬の可愛らしさに、利都は思わず笑顔になる。

それから、ほんの一瞬で犬と飼い主の男性、どちらとも仲良くなってしまったチカの背中をうっとりと見つめた。

犬とじゃれ合いながら、しなやかな身体を曲げて笑い転げている王子様の姿が、逆光に透けて見える。

——ほら、犬でもおじさんでも、皆チカさんを好きになっちゃうんだよ……私が、こんなふうにドキドキするのも、しょうがないよね。

利都はためらった末に、二つの鞄《かばん》を抱いて堤防から飛び下りた。

その拍子に、利都の鞄《かばん》からガソリン代を入れた封筒が落ちた。一瞬考えたのち、利都は封筒をチカのバッグに押し込んだ。どうせまともに渡しても、受けとってもらえないだろうから。

犬が新しく遊んでくれそうな相手を見つけたと思ったのか、ものすごい勢いで利都に向かって走ってきた。大きな身体で利都に飛びつく。

「きゃっ！」

「あ、こら！　りっちゃんになにするの！」

チカが大笑いしながら、尻餅をついた利都から犬を引きはがしてくれた。

犬はぶんぶんしっぽを振って、チカと飼い主の周りをぐるぐる回っている。利都も、我慢できずに笑ってしまった。

「おいで」

優しく声をかけると、犬がトコトコやってきて、かがみ込んだ利都の顔をべろんと舐める。

飼い主の男性が慌てて謝ってくれたが、利都は首を振って、犬のフカフカした頭を撫でた。

やっぱり、楽しいと思う。チカといる時間は、なにもかもが楽しい。

「はぁ、大型犬は元気だね」

飼い主の男性と、彼に手綱《たづな》を引かれて去ってゆく犬に手を振り、チカが言う。

利都も犬と男性に手を振り、チカの顔を見上げた。

「久々に犬に触りました」

「可愛かったよね！」

チカがそう言って、利都の手から鞄《かばん》を取り上げた。それから当たり前のように利都の手を握り、指をからめて、笑顔で言った。

「そういえば、ごめんね。なんか俺ってさぁ、冷静に考えたら、正体不明のナンパ野郎だなと思ってさ。『また一緒にどこか行こう』の前に、もっと言うことあるよね」

利都は絶句した。その正体不明のナンパ野郎のことを思うだけで、胸が苦しくなる自分は一体なんなのか。

「あの、えっと俺はね、澤菱寛親って名前なんです」

「し、知ってます。名刺もいただいたし」

「そ、そうだよね、あのね、家は会社のそば。あ、いや、どうでもいいね、こんな話」

利都は、話の展開が読めないまま曖昧《あいまい》に頷《うなず》いた。

「俺の両親は離婚してて、母は再婚してドイツで暮らしてる。父は会社を辞《や》めて自営業しててね。あとは祖父母と弟がいるよ。弟はピアニスト目指して勉強してるんだ」

今まで知らなかったチカのことを聞きながら、利都はふわふわした気持ちで微笑んだ。

――なんでこんなこと、教えてくれるんだろう……

「えっとあとはね、最終学歴は海外の大学で、日本にいたのは中学までなんだよ。だから英語がちょっと得意かな。モデルの仕事は、ドイツの大学にいたころに誘われて始めて、何年か前までやってたんだよね。俺のプロフィールってそのくらい。皆と同じでしょ？」

利都は首をひねった。チカはこの前も『澤菱という苗字だが、平凡な家庭の出身だ』と言っていたが、ピアニスト志望の弟がいて、海外留学の経験まであるなんて、なんだか裕福な家の話のように思える。

だが、利都の反応に驚いたように、チカが目を丸くした。

「え！　これって普通じゃないの？　なんか変？」

「海外留学って、すごいなと思って……」

「そう？　うちはじいさんの方針で、俺も従兄弟《いとこ》も海外のボーディングスクールに行かされたんだ」

「ボーディングスクールってなんですか？」

「なんて言えばいいんだろう。全寮制の普通の学校だよ」

チカがごまかすように笑って、利都の手をギュッと握った。

「あの、俺のプロフィールはこんな感じなんだけど……もし良ければ、来週の土曜日、俺と一緒にピアノのミニコンサートに行かない？　弟が音大生でさ、そのコンサートに出るんだ」

利都の心に、甘いなにかが湧き上がる。

——また私と会ってくれるの？

利都はしばらくうつむいて高鳴る胸をやり過ごし、勇気を出して頷《うなず》いた。

「はい……私で良ければ……」

その時、チカの電話が鳴った。

「ごめん、ちょっと待って！　仕事の電話だ。出ちゃうね」

チカが電話を取り、突然流暢《りゅうちょう》な英語で喋《しゃべ》り出した。ラジオの英語講座をこまめに聞いている利都でも、全く聞き取れないほどの早口だ。チカは明るい笑顔で、電話の向こうの人物と会話をしている。

『普通の家に生まれた普通の人』というチカの説明に、利都は違和感を覚えた。

彼は、本当に『平凡なお兄さん』なのだろうか。

澤菱、という姓のことを考えると、違うような気もする。

もしチカが『本物の王子様』なのだとしたら、平凡な利都に、チカの隣にいる資格はあるのだろうか。

不意に利都の胸がちくん、と痛んだ。

「……おまたせ。ごめんね。電話終わった」

チカに呼ばれ、利都は我に返って、傍《かたわ》らの彼を見上げた。

「友達のお祖父《じい》様が、美術品貸してくれるって。やったー！　次の展覧会の目玉ができた！」

笑顔で伸びをして、チカが利都の手を取ってブンブンと振る。チカの手のぬくもりが、利都の心のわだかまりを一気に押し流していった。利都の胸が再びとくん、と鳴る。

曇りのないチカの笑顔につられるように、利都は微笑みを返した。

チカといると嫌なことが全部流れ去って、心のなかが彼の笑顔で一杯になる。

切ないくらい胸が苦しいのと同時に、はちみつ色の甘く幸せななにかが胸を満たしてゆく。

「チカさん、お仕事が上手く行ったんですか？」

「うん、上手く行った！　来週も心おきなくりっちゃんとお出かけできる」

「よ、良かったです、ね……」

利都は震える手で、そっとチカの手を握り返した。今感じている気持ちを、どうやって表せばよいのかわからない。

けれど、チカと一緒にいられるのは、とても嬉しい。

利都は唇をかすかに震わせ、小さな声で呟《つぶや》いた。

「あ、あの、コンサート、すごく楽しみ……です……」

強い海風が、利都の髪を揺らして吹き去る。

チカが手を伸ばし、さっきよりも少し丁寧な仕草で、利都の乱れた髪を整えてくれた。

触れられるたびに、利都の心臓が大きな音を立てる。気づかれないかと息を止めた利都の耳元で、チカが優しい声で囁《ささや》いた。

「ありがと。楽しみにしてくれて良かった。風が強くなってきたから車に戻ろう」

第四章

利都が楽しみにしていた、チカの弟のコンサートがある土曜日が来た。

チカは車で迎えに行くと言ってくれたが、先週に引き続いてで申し訳ないので、電車で行くと断った。

「よし！」

利都は、自分にしては華やかなワインレッドのワンピースに、ボレロを羽織《はお》り、お気に入りの象牙色《ぞうげいろ》のパンプスを履いて家を出た。途中の洋菓子屋で焼きたてのクッキーの詰め合わせを買い、チカの弟への差し入れにする。

——ここのクッキー美味《おい》しいんだよね。食べてくれるかな。

今日もチカと待ち合わせしてるんだと思うと、気持ちがうきうきした。

こんなふうにときめくのは初めてかもしれない。弘樹との待ち合わせでは、こんな気持ちを感じたことはない。

電車の椅子に腰かけ、利都は久しぶりに、弘樹と出会った頃のことを思い出した。

先輩の紹介で付き合うようになった弘樹。

彼は、親が厳しい利都に合わせて、遅い時間まで、あるいは泊まりがけで利都をつれ出すことはなかった。

弘樹はこういう付き合いでいいと言ってくれていたし、利都も彼が自分を尊重してくれているのだと思い込んでいた。

心がときめくことはないが、ひたすらに穏やかな関係。今思えば、あれは恋だったのだろうか。

利都は周囲に聞こえないようにそっと溜息をつく。

弘樹のほうも、おとなしくて地味で、あまり意見を言わない利都に、飽きたのだと思う。

——だから、弘樹は私と正反対の明るくて美人な舞子に惹かれたのかな……

考えるのを止《や》め、利都はもう一度、溜息をついた。いつの間にか、弘樹とのことを冷静に考えられるようになっている。

電車の揺れに身を任せて、小さなバッグを膝《ひざ》に抱え、クッキーの紙袋から漂う甘い香りを吸い込む。

やはりいい香りだ。チカの弟がクッキー好きなら、きっと気に入ってくれるだろう。

——この格好、チカさんに変だと思われないかな。大丈夫かな。

緩《ゆる》みそうになる頬を引き締め、利都はパンプスのつま先をじっと見つめた。いつも華やかで優しい彼のことを考えると、心が躍《おど》ってしかたない。

ようやく駅に着き、利都は弾む足取りで電車から降りた。駅から少し離れた公会堂へ急ぐ。

しかし、公会堂の入口前で、利都は目の前の光景にとまどって首をかしげた。

「あれ……？」

普通の音大生のコンサートが開催されるだけとは思えない状況になっている。

駐車場には高級車が並び、入口付近にはいかにも上流階級風の品のいい服装をした男女が談笑していた。

場所を間違えたのだろうか。

そう思ってキョロキョロしている利都の目に、音大の発表コンサートと書かれた看板が映る。

会場はここで間違いないようだ。

音大生の親御さんは、裕福な方が多いのかもしれない。そう思い直し、利都はロビーの隅っこにそっと立った。

この辺で待っていれば、チカが来るはずだ。

利都は心持ち背伸びをして、辺りを見回す。

栗色の髪に、真っ直ぐに伸びたしなやかな背中が目に飛び込んできた。

――あ、もう来てる！

胸が高鳴る。慌ててチカに近寄ろうとして、利都は足を止めた。チカはいかにも社会的地位の高そうな男性と話をしている。

チカは優雅に男性の話に頷《うなず》きながら、端整な顔に上品な笑みを浮かべていた。

男性が嬉しそうに手を伸ばし、チカの二の腕辺りをぽんと叩く。

親しげな雰囲気だ。邪魔しては悪いなと思い、利都は柱の陰に立った。

話が終わったら声をかけよう。そう思ったのだが、どうやらそれは難しいようだった。チカは、次から次へと、知り合いらしい身なりの良い人々に声をかけられている。

——この会場に、知り合いが一杯いるのかな？

あっという間に人々に囲まれてしまったチカを見つめながら、利都はコートを脱いで腕にかけた。

先にクッキーを受付に預けてしまおうか、と思った時、チカがくるりとこちらを向き、利都を見つけて、ぱっと笑った。

取り囲む人々に流れるように一礼し、利都のほうへ足早にやってくる。

今日のチカは、前髪を上げて後ろに撫でつけていて、非常にフォーマルなスタイルだ。照りのあるジャケットと、なかに着込んだ同じ素材のベストもよく似合っている。

「りっちゃん！」

「こ、こんにちは……」

本物の王子様のようなチカの姿に圧倒され、利都は小さな声で挨拶をしたまま固まってしまった。

「今日も可愛いね」

利都はなにも言えずにうつむいた。

大輪の花を背負っているようなチカの前では、精一杯のドレスアップも貧相に感じる。

「可愛いよ、いつもと感じが違う」

そう言って、チカが嬉しそうに笑った。それから、なにかに気づいたように利都の持つ紙袋に目をやった。

「あれ、なにかいい匂いする。なにこれ？」

「こ、これは、弟さんへの差し入れの……あの、近所のお菓子屋さんのクッキーなんです」

「へえ、あいつお菓子好きだから喜ぶよ。ありがとう！」

そう言って、チカがなめらかな仕草で利都に肘《ひじ》を差し出した。

「お菓子、受付に預けに行こう」

利都は、勇気を出してそっとチカの肘《ひじ》に手をかけた。王子様さながらのチカにエスコートされると、まるで自分もお姫様になったような気がする。

「あ、そうだ。りっちゃんのバッグに俺の財布入る？」

チカが懐《ふところ》から薄い財布を差し出す。利都は慌てて、それを受け取って自分のバッグに収めた。

「この格好だと合わせるバッグがなくって面倒なんだよね。ありがとう」

周囲の人達が、利都をじっと見ている。

――どうして皆私のこと見てるの？　チカさんがいるからかな……？

緊張で身を硬くしたまま、利都はチカの腕につかまってぎくしゃくと歩く。

受付でクッキーを預け、ホールへ向かおうとした時、不意に声をかけられた。

「失礼」

声をかけてきたその男性の顔を見上げて、利都は息を呑む。

――チカさんに、そっくり……？

チカが年を重ねれば、きっとこの男性のようになるだろう。チカに比べると冷ややかな表情はどこか貴族的で、妥協を許さぬ厳しさを感じさせる。

「お嬢さんは、寛親のお友達ですか」

利都はチカの腕から手を離し、チカに似たその男性に深々と頭を下げた。

「はい、今井と申します」

「私は寛親の父です。息子がお世話になっています」

利都がきちんと挨拶を返したことに機嫌を良くしたのか、男性の声がわずかにやわらいだ。

「突然声をおかけして申し訳ない。寛親がこんな場所につれてきたお嬢さんが、誰なのかと不思議に思ってしまって」

「こんな場所？」

「下の子の初めての合同コンサートです。親戚や私の知人が何人か、祝いに来てくれましてね。寛親は私や彼らに、あなたを紹介したかったのでしょうか」

「違うよ」

チカの不機嫌な声が、利都と男性の間に割って入る。

「オヤジがこんなに人を呼ぶと思ってなかったんだよ。俺はデート中。邪魔しないで」

「それは、それは」

男性が頬を緩《ゆる》めた。

「邪魔して悪かったな。そうだ、今井さんに、父さんからもご挨拶をさせていただこう」

堂々とした仕草で、男性が懐《ふところ》から名刺入れを取り出す。

「……あんたなんかに、この人を紹介したくないんだけど」

ひどく棘《とげ》のあるチカの言葉を無視し、男性が利都に名刺を手渡した。

「今井さん、私は澤菱寛明《ひろあき》と申します。本日お相手していただいている寛親は、私の長男です。どうぞ、よろしく」

利都の傍《かたわ》らで、チカが頭痛をこらえるように額を押さえる。

手にした名刺の名前が、ふと利都の記憶に重なった。

——あ、知ってる、この名前……

澤菱寛明、という名前に聞き覚えがある。

庶民にとっては雲の上の人である、澤菱本家の当主の名前だ。

澤菱グループの金融系企業を統括するホールディングカンパニーは、業績の悪化に伴《ともな》い、去年一度解散している。その時引責辞任《いんせきじにん》したのが、当時の社長であった澤菱寛明だ。本家のお偉いさんがわざわざ泥をかぶるなんて、と利都の会社内でもかなりの噂になったものだ。

——そうだ、あの頃ニュースで何度もこの人を見た。俳優みたいな美男子だって騒がれていたっけ。

利都の手が震え出す。この人は、あの『澤菱寛明』だ。間違いない。

同時に、大学の小規模なコンサートに相応《ふさわ》しくない、身なりの良い人々が集まっている理由にも気がついた。

澤菱本家のお坊ちゃまのピアノの発表会なら、会場の人々が、軒並《のきな》み裕福そうなのも頷《うなず》ける。

あまりのことに震えが止まらない利都の肩をぎゅっと抱き、チカが言った。

「こんな人のこと、相手にしなくていい」

チカが寛明から引き離すように利都の手を引いて歩き出した。

利都は慌てて背後を振り返る。寛明は、どこか寂しそうな微笑みを浮かべて、利都達を見つめていた。

——私、チカさんのお父さんを知ってる。澤菱商事に勤めているのに、グループ内トップ企業の、元社長のことを知らないほどばかじゃないもの……

チカが寛明に対して見せた冷たい態度と、チカが澤菱本家の御曹司であったこと。その両方に動転してしまい、なにも言えないまま、利都は唇を噛《か》みしめる。

「もうなかに入れるから、座ろう」

チカに手を引かれて、会場内の席についたあとも、利都は呆然としたままだった。

……王子様は本物の王子様だったのだ。

真っ白な頭で、利都はぼんやりと舞台を見つめていた。黒塗りのピアノに、八割がた埋まった座席。すでに照明がしぼられた暗い会場内からは人々のざわめきが聞こえてくる。

つい先ほどチカに褒《ほ》めてもらった服が、いきなり色あせてしまったように思えて、利都はスカートを握り締めた。

本物の王子様の目から見たら、ただの地味な格好に違いない。可愛いと言ってくれたのは、利都に気を遣ったのだろう。

——浮かれちゃってたかな……私……。お姫様でもなんでもないのに。

「りっちゃん、あのさ」

「はい、なんですか」

「オヤジのことは気にしないで。もう忘れてよ、あの人のことは」

「え、どうしてですか？　素敵なお父様なのに……」

声が震えないように精一杯気を張って、利都は答えた。

別れ際、寛明は寂しそうにこちらを見ていた。息子にあんな口の利き方をされて、傷ついたのではないだろうか。

けれど、チカの家族のことに深入りしてはいけない気がする。

利都はなにを言うべきか悩んだ末、結局口をつぐんだ。

「オヤジのことは本当に気にしないで。あ、そうだ」

チカがなにかを思い出したように、懐《ふところ》に手を入れる。

「財布と一緒にポケットに入れてたから、壊れないかヒヤヒヤした」

彼が取り出したのは、桜の枝をかたどったブローチだった。

首をかしげた利都の手にそれを握らせ、チカがニッコリと笑う。

「先週、封筒にお金入れてくれたでしょ？　俺の鞄《かばん》に入ってた。返そうと思ったんだけど、りっちゃんは現金じゃ受け取ってくれないような気がして」

「あれはガソリン代なんです、あと、高速道路のお金も。足りなかったでしょうか？」

自分のしたことが裏目に出て、余計な気遣いをさせたのだ。ブローチの重みを感じて利都はますます悲しくなり、チカから目をそらす。

「いや、お金はいいよ、だから代わりにそれをお返しに買ってきた」

チカが一瞬言いよどみ、少し利都から身体を離して続けた。

「俺が勝手にドライブに行きたかっただけだし。それにりっちゃんと仲良くなれて嬉しかったから、ガソリン代とか別にいらない。それと、そのブローチも、ただなんとなく買ってきただけ。日本の女の子ってブローチあんまりつけないけど、つけたら可愛いと思うよ。ショール留めるのにも使えるし、服の印象も変えられる……」

暗い場所でもハッキリわかるほどに頬を染め、舞台のほうを向いたままチカがまくしたてる。

「そうだ、そういえばうちの弟は何番目に演奏するんだろう」

唐突にそう言い、チカが手元の薄いパンフレットをめくり始めた。

利都はなにも言えず、押しつけられた桜の枝のブローチと、チカの横顔を見比べた。

小さな花びらと枝は七宝焼《しっぽうやき》のような作りで、色のついた透明なガラスみたいなものが流し込まれている。少し目を離すと、本当に満開の桜の枝そのものに見えた。

チカが利都に似合うものをと思って選んでくれたのかもしれない。

そんな都合のいい妄想が利都の胸に湧いて、もやもやした悲しさが晴れた。

「りっちゃん、それつけてみてよ」

チカが、パンフレットを見つめたままそう言った。

ゆっくりと胸が高鳴り始める。

――この人といると、舞い上がったり落っこちたり、忙しいな……

利都は小さく唇を噛《か》み、そのブローチをボレロの胸に留めてみた。

本当は遠慮して、このブローチを返さなければいけないのかもしれない。

だが、受け取ったほうがチカは喜ぶのではないか、と思うのだ。そんなふうに考えるのは、引っ込み思案で後ろ向きな利都にしては珍しいことだった。

利都は服にピンを押し込み、そっとブローチから手を離した。

薄明かりを浴びて、桜の花がダイヤモンドのようにキラキラと輝く。

ブローチの可愛らしさに、利都の顔が思わずほころんだ。利都の胸元にも春爛漫《らんまん》の季節がやってきたようだ。

「チカさん」

利都は、ブローチを見せようとチカを呼んだ。傍《かたわ》らでパンフレットを閉じたり開いたりしていたチカが、すごい勢いでくるりと振り向く。

「どうですか？」

チカが、白い耳を赤く染めて、じっと利都を見た。なんとなく居心地悪そうに目を左右に動かし、それから、照れくさそうに言った。

「に、似合うよ」

「あ、あの、ありがとうございます」

「い、いや、りっちゃん、ピンク似合うね」

落ち着かない様子で、チカが頬をこすったその時だった。

「失礼」

空いていた利都の左隣の席に、瘦《や》せた男性がさっと腰を下ろす。彼はそのまま、そこにい続けることを宣言するかのように、堂々と足を組んだ。

「オヤジ！」

「ほかに席が空いてないんでね」

そこに座ったのは、どこかとぼけたような表情をしたチカの父……寛明だった。

「噓つけ！　空いてるでしょ。取り巻きのおっさん達と聴きなよ」

チカの抗議などどこ吹く風、といった表情で、寛明がパンフレットを広げた。

「なるほど、あの子は今日はショパンとシューベルトを弾くのか。それから、作曲科の生徒の作った曲、ね……今井さんはクラシックでは誰がお好きですか」

突然の寛明の問いに、利都は動転して正直に答えてしまった。

「あ、あの、私、全然わかりません。ピアノも弾けなくって」

「そうですか。実は私もです。別れた妻はピアニスト志望でしたが、私は音楽のおの字もわからない唐変木《とうへんぼく》だ。気が合いますね」

唇の片方だけをくいっと上げ、寛明が言う。それから、利都の傍《かたわ》らのチカに向けて続けた。

「寛親、さっきからなにをふてくされてるんだ」

「あんたにオヤジ面《づら》されたくないんだよ」

いつもの優しい表情はどこへやら、チカは顔をしかめて本当に嫌がっているようだ。利都はおろおろと、左右の二人を見比べた。

「今井さん、私はお邪魔ですか？」

薄く笑っている寛明に、利都は慌てて首を振った。

「いいえ、そんなことはありません、あ、あの、席交代しましょうか！　チカさんのお隣がいいですよね？」

「りっちゃん！　いいって。ここに座ってて」

チカが手を伸ばし、立ち上がりかけた利都の腕をぐいと引く。その様子を見て、寛明が眉を上げ、肩をすくめた。

言われるがままに腰を下ろし、利都は小さくなってうつむいた。

財界の名士である寛明の傍《かたわ》らに座るはめになり、なんだかいたたまれない気分になる。

「今井さん」

「は、い……」

「これが下の息子です。一年生なのでトリは飾れなかったようですね」

寛明の指が、『澤菱高明《たかあき》』と書かれたパンフレットの文字を指し示した。利都は遠慮しながら、そっとその指先を覗き込む。

「高明さんとおっしゃるんですか？」

「ええ。寛親と年が離れていて、まだ十九なんです。この子は英語が大嫌いでね。外国に行きたくないと泣いたものですから、しかたなく日本でずっとピアノを習わせていました」

「そうなんですか」

「ははは、てんで苦手のようでね。自己紹介すらまともに喋《しゃべ》れませんよ。私があの子の英語学習に投資した費用はなんだったのでしょう」

そう言って、寛明がおかしくてたまらないというように肩を震わせる。

さすがに巨大なグループのトップだった人だ。話が上手だなと思いながらも、利都はつられてつい笑ってしまった。

さっきまで怖い印象を持っていた寛明が、明るく親切な紳士のように思えてくる。それは、彼の巧《たく》みな口調のせいなのだろうか。

「今井さんはご兄弟はいらっしゃいますか？」

「私は一人っ子です」

「そうですか。それはそれは……寛親も十歳まで一人っ子でしたから、気が合うかもしれません」

寛明がそう言った瞬間、開演五分前のベルが鳴り響いた。

同時に、寛明が立ち上がる。

「お邪魔しましたね。実は、今日は友人達と来ているんです。少しだけ今井さんとお話ししたくて中座してきたんですよ。では、失礼。良いお時間を」

緩《ゆる》やかに照明が落とされてゆく会場を、寛明が優雅な足取りで横切る。気品のある仕草が、チカによく似ていた。

「りっちゃん、コンサート終わったら、オヤジに捕まらないように逃げよう」

「えっ」

「邪魔されたくない」

ホールは、ほとんど周りが見えないくらいに暗くなっている。

明かりの落ちたその場所で、チカが温かい手を、肘《ひじ》掛けに乗せた利都の手に重ね、ぎゅっと握り締めた。

チカは黙り込んでいる。暗さに目がなれず、利都にはチカの表情がわからない。

どくん、と利都の心臓が音を立てた。

痛いくらいに手を握り締められたまま、利都はひたすらにチカの次の言葉を待つ。

女性の声が、コンサートの開始を告げた。

重ねられた手のひらの熱さを意識しないよう、利都は必死で舞台に集中した。

着飾った若い女の子が舞台に立ち、ペコリと頭を下げ、ピアノを奏で始める。

真っ暗で良かったと思いながら、利都は握られていないほうの手を、膝《ひざ》の上でぎゅっと握った。

なぜチカはずっと手を握っているのだろうか。

胸が苦しく、身体中が熱かった。

――王子様は、女の子に慣れてるんだな。だってこんなに素敵なんだよ。私とは釣り合わないじゃん……

利都は、火照《ほて》った心を必死で冷やそうと、自分に言い聞かせる。

——どうしよう、どんな顔したらいいの……

落ち着かなくうつむいた時、不意にチカが顔を寄せて囁《ささや》きかけてきた。

「りっちゃん」

びく、と利都の肩が勝手に震えた。

「弟の演奏が終わったら出よう」

なめらかな声が利都にそう告げる。チカの体温を身近に感じ、身を硬くしたまま利都は頷《うなず》いた。

広いホールのなかにはピアノの音が流れ続けている。聴いたことのない技巧的な曲だ。利都はチカに握られていない左手でパンフレットを開いた。

舞台のわずかな明かりを頼りに、出演者の名前を確かめる。

出演者は全員で七名。澤菱という苗字は、二人目に書かれていた。

けれど、パンフレットに意識を集中するのも難しかった。

つい重ねられた手のぬくもりのことを考えてしまう。自分の心臓の音ばかりがやけに気になった。

ピアノの優雅な音が響いているのに、音楽など全く耳に入ってこない。

チカの手が、利都の四本の指をぎゅっと握り締めた。

恐る恐る傍《かたわ》らを振り返ると、チカは真剣に舞台の上で奏でられるピアノに聴き入っている。

——なんで、手を繋いでくれるの……？

利都には、王子様が考えることは、よくわからない。

繊細な調べを必死で追いながら、利都はふと思った。

こうして二人で会える時間が、今日で終わってしまったらどうしよう。

人間関係に永遠なんてないと、もう、よく知っている。

――いつまでチカと一緒にいられるだろう。もし、この夢のような時間がもうすぐ終わってしまうのならば、そばにいられる間だけでも、たくさん思い出を作ればいいよね？

淡く優しいピアノの音に誘われるように、利都の心にそんな思いが浮かんだ。

――だって、チカさんといると、明るい気分になれて楽しいから……。たとえ、住む世界の違う人でもチカさんが許してくれるかぎり、こうして会ってもらいたい。

そう心に決め、利都は勇気を振りしぼってチカの手をそっと握り返した。

同時に、演奏が終わる。会場に拍手が鳴り響く。

利都は我に返り、慌ててチカから手を離し、頭を下げている女の子に拍手を送った。

「あ、あの、上手な方でしたね」

利都はチカに囁《ささや》きかけた。

嘘だ。本当は、ピアノの音などなにも耳に入ってこなかった。

「そうだね」

チカが利都のほうを少しだけ向いて、頷《うなず》いた。

「次、うちの弟の番だ」

「は、はい……」

「なんか落ち着かないな……弟はボーっとしてるから、大丈夫かなぁ、ちゃんと弾けるかな」

チカがそう言った時、アナウンスが澤菱高明、と名前を呼ぶ。

舞台の袖から現れたのは、明るい髪色の青年だった。

チカとよく似ているが、彼よりもさらに柔和な印象を受ける。こんな大舞台を前にしても浮かべ続けている、淡い微笑みのせいかもしれない。

観衆を前に緊張した様子も見せず、高明は優雅に一礼をしてピアノに向かった。

――綺麗な男の子……

ぽん、とピアノの第一音が利都の耳に飛び込んでくる。

空間を洗うような見事な旋律が、その指先から流れ出した。

楽譜を見ている様子はない。軽やかに鍵盤の上に指を滑らせ、笑みを浮かべたまま高明は曲を奏で続けている。

ピアノのことなどなにもわからない利都にも、彼の腕前は相当のものだとわかった。

自分とは、まるで違う世界に生きる人なのだなとしみじみ思う。

こんなに上手にピアノを弾く男の子も、大企業の社長をしている男性も、王子様のように美しい人も、今まで利都は知らなかった。知り合いになった今でも、同じ世界の住人であるとは考えられない。

ピアノを奏でる高明の手と違い、利都の手は、毎日会社でキーボードを叩き、小さなマンションの扉を開けて、狭い部屋で料理をしたり、掃除をしたりする手だ。ささやかな服を買うだけで悩み、王子様に触れられるだけで緊張で動かなくなるような、平凡な手をぼんやりと見つめる。

高明の奏でる曲は、いつの間にか三曲目に入っていたようだ。

チカの実家のことを聞いた時の動揺がなかなか収まらない。舞台の明かりを反射してキラキラしているブローチに目をやり、利都は静かに息を吐き出す。

高明が今弾いている曲は、甘くて優しい、シンプルな曲調のものだった。

この曲を色に例えるなら、このブローチのようなピンク色だろうか。

しかし、やがてやわらかなメロディラインが、胸をかきむしるような切ない調べに変わった。

渦を巻くようなその旋律が利都の耳に流れ込んでくる。

利都はピアノを一心に奏でる高明の姿に視線を向けた。

さっきまでは優しく甘かった音。その甘い音が、今は利都を暗いどこかへ押し流そうとしている……

そういえばこの曲のタイトルはなんというのだろう。パンフレットを開いた利都の目に飛び込んできたのは、『こころ』という言葉だった。

耳を圧倒するような音が、不意にピタリと止まった。

三つの曲を弾き終え、高明が立ち上がる。

大きな拍手に包まれて、高明は嬉しそうに一礼した。旋律に取り込まれそうになっていた利都は我に返り、焦って高明に惜しみない拍手を送った。

素人《しろうと》の利都でも、素晴らしい演奏だったとわかる。

その感想を伝えようとチカを振り返った時、利都は不意に腕を引かれた。

「行こう」

利都は頷《うなず》き、急いで立ち上がった。チカに腕をつかまれたまま暗い会場の狭い椅子の間を抜ける。

明るいロビーに出て、ホールの前の公園に向かって無言で歩き始めた。

チカの髪が光を受けて、作り物のように輝く。

「りっちゃん、ごめんね。俺とオヤジ、仲悪くてびっくりしたでしょ」

言葉が出ず、利都はうつむいたまま慌てて首を横に振った。

「俺、いい年してオヤジと喧嘩《けんか》してるんだよね。だから今も、家出して反抗期もどきやってるんだ」

「そうなんですか……」

「ま、ただの根無し草なんだよ、俺。ホントに実家が嫌いで」

利都が驚いて見上げると、チカがかすかに赤くなった顔で、苦笑いを浮かべながら言った。

「俺の家、名前だけは有名だけど、ホント気にしないでね。俺にはもう関係ない。そのうち捨てる家だから」

利都はぼんやりと尋ねた。

「あの、家を捨てるって、どういうことですか？」

「言葉通りの意味だよ。実家とは極力、距離をおきたいって意味。だから俺は澤菱という名字だけど、あの家の人間じゃない」

チカは、今まで見たこともないほど冷たい顔をしていた。

少し怖い。利都は息を呑み、空気を変えようと、できるだけ明るい声で言った。

「捨てるなんて。そんな寂しいこと、言わないでください」

けれど利都の言葉は、チカにはほとんど届かなかったようだ。チカが、利都の言葉にかすかに顔をしかめる。

「……寂しいこと言うな、かぁ。ねえ、りっちゃんは結婚当初から父親を顧《かえり》みず、好き勝手に不倫を繰り返してる母親をどう思う？　許せる？」

唐突な問いに、利都はなんの言葉も返せなかった。

チカが、利都を振り返らぬまま、低い声で続けた。

「俺は許せないね。そんな母親を放置して、怒りもせず『表向き、澤菱家の妻として恥ずかしくない振る舞いをしてくれればいい』って許し続けたオヤジも許せない。それにさ、結局、オヤジまで外に女を作ったんだぜ？　生まれて初めて真剣な恋をしたんだってよ。ま、最終的に、その女とは別れたんだけど、オヤジもおふくろも最低だよね。両親は離婚して、夫婦不仲の清算はすませたつもりらしいけどさ、だったら二人の子どもである俺ってなんなの？　俺は、両親を許せない」

絶句したまま、利都はチカの顔を見上げた。

険しい顔をしていたチカが、はっと我に返ったように利都を振り返る。

「あ、ごめん。俺、なに言ってんだろう。やめよう、こんな話」

無理やり浮かべた笑みでチカが言い、利都の手を引いて歩き出す。

「なにか食べに行こうか、りっちゃんはなにが良い？　ホテルのラウンジでケーキ食べる？」

チカらしい明るい声が、今はどこか遠くに聞こえる。

——あんまり、チカさんの家庭事情に踏み込んじゃダメだよね？

そう思ったが、チカの様子は痛々しく、二人の間にある空気も息苦しい。利都は、勇気を振りしぼって言った。

「あの！　チ、チカさんも、嫌なことがあったら、私に話していいですよ」

でしゃばりすぎかな、と思いつつも、利都は話を続けた。

自分が貰って嬉しかった言葉を返すのは、きっと悪いことではないはずだ。

「チカさんはこの前、私にそう言ってくれましたよね？　楽になるまでいくらでも話していいよって。たとえあの言葉に深い意味がなくっても、私はチカさんに感謝してます……。だって、誰も私にあんなこと言ってくれなかった。だから、チカさんも嫌なことがあるなら、私に話してください。聞くくらいしかできないけど、私、いくらでも聞きます」

チカが驚いたように振り返り、瞬《まばた》きもせずに利都を見つめた。

血の気が引いていた彼の白い顔に、ほんのりと赤みが差し始める。

「あ、いや、俺のほうこそごめんね、変な愚痴《ぐち》言って……あの、格好悪かったよね？」

「そんなことないです。溜め込みすぎちゃダメって、自分で言ってたじゃないですか」

利都はそう答え、チカに微笑みかけた。

チカはなにも言わず、赤く染まった頬で利都を見つめ、ぐい、とつかんでいた利都の手を引きよせる。

そのまま二人は、黙って公園を歩き続けた。

「……ありがとう、りっちゃん」

不意にチカが足を止め、利都の顔を覗き込む。長い指が利都の頬をそっと引きよせ、手のひらが利都の顔を包んだ。

なにをされるんだろう、と利都はチカの目を見つめた。チカのガラス玉のような目のなかに、きょとんとした利都の顔が映っている。

利都の唇に、チカの唇が重なった。やわらかな絹のような感触にとまどい、利都の時間が止まる。

チカが顔の角度を変え、さらに強く、唇を押しつけてきた。

利都はふらりと一歩あとずさり、チカの腕にしがみついた。

チカの熱が唇を通して伝わってくる。驚きに凍りついていた利都の身体が、小さく震え出した。

ずくん、と得体のしれない疼《うず》きが身体に走る。

——キスされてる、キス……どうしよう……！

「りっちゃん、行こ。コーヒー飲みたくなっちゃった」

チカに声をかけられて初めて、利都は唇が離れていることに気づいた。

呆然として手を引っぱられるまま足を動かす。利都はひたすら落ち着け、と自分に言い聞かせた。

チカは海外生活が長いから、きっとキスなんか日常茶飯事なのだ。今のも感謝の気持ちでしただけに決まっている。

「チ、チカさんって、外国の方みたい、ですね」

「なんで？」

不思議そうにチカが振り返った。

「え、だ、だって……キ、キスするから……」

チカが上目遣いでなにかを考え込み、不意に身をかがめてもう一度、利都にキスをした。

再び、甘い疼《うず》きが身体に走る。利都は泣きそうになりながら、ぎゅっと目をつぶった。

キスされるたびに、爆発しそうに苦しい。

「……こういうの、外国人っぽいの？」

唇をかすかに離し、チカが囁《ささや》きかける。

「っ、は、はい……っ、外国人みたいです、キッ、キスするなんて」

ゆっくりと目を開け、震えながら利都は頷《うなず》いた。

たとえチカにとっては軽い親愛の表現でも、自分はこんな密な接触には慣れていない。ドキドキしすぎてどうにかなりそうだ。

「ここ、日本だよ。郷《ごう》に入っては郷《ごう》に従えって言うでしょ？」

利都は火を噴きそうに熱い頬を指先で押さえ、チカの顔をちらりと覗き見た。

今のはどういう意味なのか。だとしたら今のキスにはどんな意味があったのだろう。

「あ、あの、そうですね、ここ日本でした、え、えっと」

「ごめんね、嫌だった？」

そう尋ねるチカの顔は少し悲しそうだった。利都は慌てて首を振り、精一杯明るい声で答えた。

「いいえ……だ、大丈夫です」

でも、大丈夫だなんて嘘だ。キスされた衝撃で、身体中がふわふわする。まるで甘い蜜の海に沈んでいくように……

「じゃあ、続きはまたいずれ」

チカが呟《つぶや》いて、よろよろしている利都の腕に自分の腕をからませて歩き出した。

——続き、ってなに……？

思わせぶりなチカのセリフに、利都の鼓動はますます速くなる。

腕にしがみついて黙りこくっている利都の身体を軽く揺すり、チカが真面目な表情で言った。

「ねえ、りっちゃん、またキスしていい？」

「そ、そんなこと、聞かないで……」

ようやくそれだけを答えた利都を見つめ、チカが嬉しそうに笑う。

利都は微笑み返す余裕もなく、チカの腕に縋《すが》ったまま、ひたすら自分のつま先を見つめ続けた。

第五章

——はぁ、キス……されちゃったな。

利都は溜息をついて書類を整えた。

あのキスの意味はなんだろう。

自分に都合の良い想像が広がるたびに、一生懸命それを打ち消す。

そんなことを繰り返しているうちに、金曜の夜になってしまった。

チカからはメールが来るけれど、あのキスのことにはいっさい触れない。

その態度をもどかしく思いつつも、利都はどこかでホッとしていた。

チカの家のことやキスの意味をあれこれ考える時間がないくらい、今週は忙しかった。繁忙期のせいで、皆、終電ギリギリまで仕事をしているような状態だ。

特に今日は利都に伝票処理を頼む人が多く、いつまで経っても仕事が終わらなかった。

気づけばフロアには人もまばらで、もう終電に間に合わない時間になっていた。

明日は、チカと一緒に水族館に行く約束をしていたのだが。

——絶対休日出勤したくなかったんだもん……。しょうがないから今夜は始発まで二十四時間営業のレストランにいよう。

情けない話だが、今までに何度か、終電までに仕事が終わらなくてファミレスで始発を待ったことがある。会社の近くにちょうど良いお店があり、社員の御用達になっていた。下手に漫画喫茶などに泊まるより安全のはずだ。深夜のタクシーは怖いので、女一人で乗りたくない。

次々にフロアの明かりが消えた。皆、帰ろうとしているのだろう。

「今井さん、まだ帰らないの？」

消灯をして回っている営業マンに尋ねられ、利都は笑顔で答えた。

「もう帰ります」

「そっか。早く帰りな。消灯するから。山崎くん！　山崎くんはまだ残るのか？」

フロアの少し離れた島から、帰ります！　という元気な声が聞こえた。

利都は時計を見上げる。十二時半だ。始発は五時ちょっと前。コンビニで雑誌でも買ってレストランで読んでいよう。急いで帰って少し寝て、九時の待ち合わせまでにお風呂に入ればいい。時間的にはなんとかなりそうだ。

フラフラと会社を出て、雑誌を買ったあと、利都はファミレスに入った。

窓際は寒いので中央寄りの席に座り、ドリンクバーを頼んで雑誌を開く。

——あした、目のクマ平気かな……。やだなぁ、肌荒れてたら……

呑気《のんき》にそんなことを考えながら、利都はスマホを取り出した。

チカからメールが来ている。そのうえ電話もかけてくれていたようだ。

——あ、全然携帯見てなかった……！

休日出勤を避けたい一心で必死になりすぎた。利都がメールを開こうとした時、明るい声で名前を呼ばれた。

「今井さん！」

端整な顔の、背の高い青年がこちらに向かってにこにこと笑っている。海外法人営業担当の山崎だ。

営業部の飲み会などで、何度か会話したことがある。

利都は頭を下げ、そのままメールの画面に目を戻した。早くチカからのメールを見たい。

「今日は飲んでたの？」

「あ、いえ、残業で……」

「そっか、俺も残業。向かい座っていい？」

利都が止める間もなく、山崎はボックス席の向かいに腰を下ろしてしまった。

「俺もコーヒー飲もうかな」

メールを見たいのにと思いながら、利都は曖昧《あいまい》に笑う。スマホをテーブルの上においてオレンジジュースに口をつけた。

疲れているので、にこやかに相手をする余裕がない。

「仕事頑張ってるんだね」

「明日はどうしても休みたくて」

もう少し健《けな》げな社員であることをアピールしたほうがいいのかもしれないが、気力が出てこなかった。

　こめかみを押し、疲れていることを全身で表現しながら、利都は山崎からそっと目をそらす。

「俺も頑張ったよ」

「お疲れ様です」

「もっと褒《ほ》めてよ、冷たいなぁ」

「奥様に褒《ほ》めてもらってください」

「いないよ」

　山崎が笑顔で両手を開き、指輪をはめてない手を利都の前でひらひらさせた。

　こんな夜中に元気な男だ。そう思い、利都はちょっとだけ笑って頷《うなず》いた。

「そうなんですか、存じ上げませんでした」

　早くチカからのメールを見たい。どこかに行ってくれないかな、と冷たいことを思い、利都はひたすら彼の話に相槌《あいづち》を打つ。

「うん、独り身で毎日遅くまで仕事頑張ってるの、可哀想なやつでしょ」

　山崎は男前だしそつもない。それに、澤菱商事の優秀な営業マンだ。彼なら恋人くらいいるのではないかと思いながら、利都はお愛想を口にする。

「そういえば山崎さん、先月ＭＶＰで表彰されてましたね」

「覚えていてくれたんだ。そうだよ。ありがとう。今井さん達のサポートのおかげだよ」

「いいえ」

「ねえ、今井さんは明日暇？」

「え？」

利都は眉根を寄せた。

同僚との仲はいいが、利都は会社の人と、休日までべったり過ごすのはあまり好きではない。

ただでさえ疲れているのに、面倒な話を振らないでほしいと思い、少し冷たい声で利都は答えた。

「明日は友達と出かけるので、ごめんなさい」

「じゃあ明後日でいいや。映画行かない？」

個人的なお誘いはなおさら嫌だった。そんな話よりも、チカのメールが気になってしかたがない。

「……なに言ってるんですか、山崎さん」

そう答えた拍子に、手のなかの携帯が震えた。チカからの電話だ。もう一時なのに、ずっと電話もメールも無視していた形になってしまったので、不思議に思っているのかもしれない。

利都は席を立つかどうか迷った末、山崎に一言断ってから電話に出た。

『りっちゃん？　ごめんね、夜中に』

チカの声を聞いた途端、ピリピリしていた気持ちが嘘のようにやわらぎ、利都は明るい声で返事をした。

「ごめんなさい、今日は遅くまで仕事してて」

『そっか、何回も連絡して俺のほうこそごめんね。今、家？』

利都は一瞬言いよどんだ。電車に乗れなくてファミレスにいるなんてなんだか言いづらい。だらしないと思われるかも、と答えをためらった時だった。

「あれ？　もしかして彼氏から？」

山崎がからかうように利都に顔を寄せ、大きな声で話しかけてきた。

利都は、山崎を精一杯怖い顔で睨《にら》みつける。

けれど、気の強そうな山崎は利都の威嚇《いかく》を笑ってやりすごし、通りすがりの店員に平然と声をかけた。

「あ、すみません、ビールあります？」

利都は唇を噛《か》みしめる。

——チカさんに余計なこと知られたくないのに。変な誤解をされたくないのに……。

『……りっちゃん、家にいないの？　今どこにいるの？』

チカが低い声で言った。

利都は焦って取りつくろう。

「会社のそばのファミレスでご飯食べてます。大丈夫です、始発で帰ります」

『ふうん。こんな時間に一人で、いや、一人じゃないのかな』

チカの声が冷たい。利都の胸がぎゅっと冷えた。

「ごめんなさい」

謝る必要なんかないのに、なぜ謝っているのだろう。それに、どうして泣きそうになっているのだろう。

『俺、もしかして邪魔しちゃった？』

チカの言葉に、なんのことだろうと利都は首をひねる。

「邪魔ってなにがですか？　ごめんなさい、明日はちゃんと約束の時間通り……」

『明日のことはいいよ。邪魔じゃないなら迎えに行くから、りっちゃん、今、会社のそばのファミレスにいるって言ったよね？』

利都は壁の時計に目をやり、慌てて言った。

「そうですけど……迎えとかは、もう遅いのでいいです、ありがとうございます。私は始発まで時間を潰しますから」

『家まで車で送るよ。澤菱商事の本社のそばって、ファミレス一軒しかないよね？　そこまでなら二十分くらいで行けるから』

断ろうとした瞬間、電話は一方的に切れてしまった。

利都は震える手で、そっとスマホをテーブルの上に置く。

なぜかチカは少し怒っていた。やっぱりファミレスで夜明かししようなんて呆れられたに違いない。

「ねえ、今井さんもビール飲む？」

「いいです」

山崎に首を振り、利都は雑誌を開いてこれみよがしに彼の前でめくった。

「彼氏、怒らせちゃったかな」

端整な顔に薄笑いを浮かべ、山崎がそう呟《つぶや》いた。満足げな彼の表情に、利都はだんだん不安になる。山崎はなにがしたいのだろうか。

「……彼氏じゃないです……」

「なら良かった」

利都はできるだけ山崎から身体を離し、拳《こぶし》を握り締めた。

「怒るなよ、からかっただけなのに」

テーブルにおかれたビールを美味《おい》しそうに飲み干し、山崎が言う。

利都はひたすら雑誌を読むふりをして、時間が過ぎるのを待った。

チカが迎えに来ると言ったのは本気だろうか。

もう一時半近い。こんな時間に送迎させるなんて申し訳なさすぎるのに。そう思って溜息をつき、利都は一方的に話しかけてくる山崎に、うわの空で相槌《あいづち》を打ち続けた。

「今井さん」

「……なんですか?」

「今井さんって、ホント綺麗だよね」

「酔ってます?」

「いや、前から思ってたんだけど。うちの部で一番美人だと思う」

山崎は強い視線で利都を見つめる。なんだか山崎のことが怖くなってきた。

怯《おび》えた利都の様子に気づいたのか、山崎が取りつくろうような笑みを浮かべる。

「ごめん。俺ちょっとがっつきすぎてるな、疲れてるのかな」

「えっと、冗談はやめてくださいね」

「冗談じゃないよ。前から二人で話してみたかったんだ、俺。今日、こうして話せて嬉しいな」

利都はなにも言い返せず、黙ってうつむく。

好きでもない人に口説かれるのは、恐ろしくてたまらない。

利都は怯《おび》えを隠すために膝頭《ひざがしら》をぎゅっと閉じ合わせ、足の震えを抑えた。

——もう嫌、怖くてもタクシーで帰れば良かった。

利都は山崎から目をそらし、ひたすら雑誌のページをめくった。

疲れたし、暖房で頭がぼうっとする。

山崎をおいて多少危なくてもタクシーで帰ろうか、と思った時だった。

不意に人の気配がして、足早にチカが近づいてきた。

「りっちゃん！」

チカは自宅でくつろいでいるところを急いで出てきたらしく、Ｙシャツの上にカーディガンを羽《は》織《お》っただけの格好だ。

一瞬冷たい目で山崎を見て、チカがテーブルの上の伝票を取り上げる。

「あれ、今井さん、彼氏いないんじゃなかったの？」

薄い笑みを浮かべたまま山崎が言った。

チカが静かな声で山崎に言った。

「すみません、今日はもう遅いので、りっちゃんはつれて帰りますね」

そのままチカが手を伸ばし、乱暴なくらい強い力で利都の腕を引いた。

「帰ろう、りっちゃん」

「あ、あの、ごめんなさい」

店のなかを引きずられるようにして歩きながら、利都は震え声でチカに謝った。

「なに考えてるんだよ。ファミレスに泊まるとか！」

やはり、チカは怒っている。

利都はがたがた震える手でチカの手から伝票をつかみとり、小銭をばらまきそうになりながら、慌てて会計を終わらせた。

――そんなに怒らなくたって……私だって仕事だったのに……

「行こう」

チカが冷たい声のままで言い、利都の腕を再び引いた。

「チカさ……ん……あの……っ」

「あの人誰？　かっこいい人だね」

チカは利都の言葉など耳に入らないような態度で山崎のことを聞いてきた。

利都は震えながら、必死に説明する。

「か、会社の同じ部の……営業の人で……勝手に席に座ってきて……」

「乗って」

店を出たあと、路肩に停めた車のドアを開けながら、チカが静かな声で言った。

……こんな夜中に面倒な真似させてしまった。

チカの背中から怒りが伝わってくるようで、利都はどんどん悲しくなった。

滲《にじ》んだ涙を手の甲で押さえて、繰り返し謝る。

「ごめんなさい、こんな遅い時間なのに」

「車、早く乗ってよ。今日寒いでしょ？」

チカが溜息をついて、いつになく乱暴に運転席に腰を下ろした。

利都もおっかなびっくり、助手席に腰を下ろす。

「はぁ。あのさ……終電なくなるまで仕事なんかしないでくれない？　危ないから」

チカの声は刺々《とげとげ》しい。利都は申し訳なさと辛《つら》さで一杯になり、うつむいたまま言った。

「あの、私、タクシーで帰ります。車で送っていただくとチカさんの帰りが遅くなるので……すみません。ありがとうございました」

どうしてこんな、喧嘩《けんか》のような雰囲気になってしまったのだろう。

明日水族館に行くのを楽しみにしていたのに……

こんなに雰囲気が悪くなってしまっては、きっと、明日の水族館に行く予定も、その先できたかもしれない約束も、全部なくなってしまうに違いない。

険悪な空気がいたたまれなくて、利都は唇を引き結んだまま車から降りようとした。

「待って」

運転席のチカに強く腕を引かれて、驚いて振り返る。

「今日はなんでそんな他人行儀なの？　俺があのイケメンさんと話すのを邪魔したから？」

明らかに、チカは怒っている。

街灯に照らされた薄暗い車内で、利都は息を呑んだ。

チカがなにを言っているのか理解できない。

「そうだよね。よく考えたら、俺はりっちゃんのことなにも知らないもんね。ごめんね、邪魔して。なんならあのレストランに戻って彼に謝る？」

「なんの話してるんですか、全然、わかりません」

チカの言葉が悲しくて、涙が滲《にじ》んできた。なぜ山崎のところに戻れなどと言われるのだろう……

「私、明日の水族館、楽しみにしてたのに。山崎さんがなんの関係があるんですか……？」

泣いちゃダメだ、と思えば思うほど涙があふれてくる。

利都は拳《こぶし》を唇に押し当てて、小さくしゃくり上げた。彼の目の前で泣くのは何度目だろうと思うと、自分の弱さが情けない。

「わ、私、明日休むために仕事してた……だけ……」

親友に裏切られた日から、友達と出かけたりする気力がなくなってしまった。楽しかったのはチカと過ごす時間だけだ。それなのに、チカとの時間まで失いそうになり、惨《みじ》めで苦しくて、ぎゅっと目をつぶった時だった。

運転席のチカが身を乗り出す気配がした。

「……りっちゃんは明日楽しみだったの？　ホントに？」

利都は目をつぶったまま頷《うなず》いた。楽しみだったに決まっている。

王子様との束の間の逢瀬《おうせ》は、ひたすら落ち込み、沈んでいくだけだった自分を救い上げてくれる唯一の光だ。

身のほどを知らない女だとは思われたくない。だけど、少しでもいいから彼と一緒に過ごしたかった。

どうしたらチカを失わずにすむのかわからず涙を流していると、利都の肩が不意に引き寄せられた。

気づけば利都は、身体をねじるようにしてチカの腕に包まれていた。利都の身体を、チカがそっと胸に抱き寄せる。

「俺もだよ」

利都は恐る恐る目を開けた。目の前のチカの髪が、対向車のライトに透け、金色に光っている。

「俺も楽しみだったよ。今週はずっと、明日のことばっかり考えてた。そもそも彼氏でもなんでもないのに、こんなふうにでしゃばって夜中に迎えに来る奴、ハッキリ言っておかしいよね。引いたでしょ？　でも俺……最近りっちゃんのことしか考えられない」

爽《さわ》やかなグリーン系の香りが利都の鼻先をくすぐる。

痩《や》せて見えるのに、チカは意外にたくましい身体をしていた。硬い胸に抱き締められ、驚きで利都の身体から力が抜けてゆく。

——なにが起こっているのだろう、私はなにを言えばいいの……

「チカさん……どうしたんですか」

かすれた声で利都は呟《つぶや》いた。なんて間が抜けた言葉だろう。でも、適切な言葉が思い当たらない。

「どうしたんだろう……わかんないや。俺、君が好きなんだ」

トラックが大きな音を立てて、利都達の乗る車の脇を走り去った。

利都の背中に回った手に、力がこもる。

「俺は君が好きで、山崎さんに嫉妬《しっと》してる。いきなりごめん。ホントになに言ってるんだろう」

利都の身体中に、チカの鼓動が伝わってきた。

同時に、利都の身体をめぐる血が熱を帯《お》びる。

「あ、あの、チカさん、私達……まだ会ったばかりで」

利都は小刻みに震えながら、ようやくそれだけを口にした。

なんてつまらないセリフだろう。でも優等生であることしか取り柄のない利都には、それ以外に口にする言葉が思いつかない。

「そうだね、会ったばっかりだよね。でも、りっちゃんのことしか考えられないんだ。本当にどうかしてるよ。急に足元の地面がなくなって、底なしの穴に落ちたみたいだ……ごめん、俺、やっぱりおかしいよね、本当にごめん」

チカの腕が緩《ゆる》み、身体が離れてゆこうとした。瞬間、利都は思わず、彼の背中に弱々しくしがみついていた。

「おかしくないです、う、嬉しい、です……」

利都は不安と期待で潰されそうになりながら、消え入りそうな声で呟《つぶや》く。

きっと自分は、駆け引きが下手なのだろう。男の人を虜《とりこ》にするような恋のテクニックなんて一生身につきそうにない。

チカが驚いたように動きを止め、もう一度、利都を抱く腕に力を込めた。

「本当？　本当に？」

ぼろぼろ涙を流しながら、利都は頷《うなず》いた。

チカが言うのが、どんな意味合いの『好き』であれ、嬉しい。たとえそれがチカにとっては一過性の、その場だけの気持ちであっても、利都は、幸せだと思った。

たとえ惨《みじ》めな結末を迎えるのだとしても、今チカが見せてくれたその気持ちがとても嬉しい。

「本当……です……」

「俺のこと好き？」

「す、好き……です……」

震える声で利都は答えた。すると、チカが利都の顎《あご》を上向かせ、なにも言わずにキスをしてきた。

体重を預けるみたいな重いキスに、利都の身体がシートに倒れ込む。チカがのしかかるように利都の手を押さえ、キスを続けながら身体を寄せてきた。唇をこじ開け、チカの舌が利都の口のなかに忍び込んでくる。

こんな時、どうすれば良いのだろう。利都は迷った末、くいしばっていた歯を緩《ゆる》め、チカのキスを受け入れた。

舌先で舌を弄《もてあそ》ばれ、思わず声が漏れる。

「ん……ふ……」

身体中が心臓になったみたいに脈打ち、利都は苦しくてぎゅっと目を閉じた。

こんな、食べつくされるようなキスをされるのは生まれて初めてだ。

「ねえ」

唇を離したチカが震える声で、利都の耳元に囁《ささや》きかけた。

「じゃあ、今日かららりっちゃんの恋人は俺だと思っていいの？」

恋人、という言葉が、利都の耳のなかでくるくると躍《おど》った。

澤菱家の御曹司で王子様のようなチカと、平凡で地味な自分ではきっと釣り合わない。でも、今だけ、束の間の夢を見るだけなら許されるかもしれない。

チカが利都の背中をそっと抱き、頭を優しく抱え寄せた。

「お願い、いいって言って」

「チカさ……」

そう、夢を見るだけだ。永遠に続く人間関係なんてない。一瞬のことならばこの熱に流されても良いはずだ。

「いいって言ってよ」

震える声でチカが囁《ささや》く。

利都は、チカの背中にそっと手を回した。

大丈夫だ、言ってしまえ。たとえ儚《はかな》く消える夢だとしても、今はこんなに幸せなのだからいいではないか。

そんな声が、利都をけしかける。

抱き締められたまま、利都はかすかに頷《うなず》いた。

――どうなってもいい。私は小さくて短い夢でもいいから、チカさんが欲しい。

「ほんと？」

「は……い、本当です」

利都は、蚊《か》の鳴くような声で、そう返事をした。

「良かった」

チカが優しい声で、心からホッとしたように呟《つぶや》く。そして、利都の顎《あご》をそっと捉《とら》えて、再び形の良い唇を重ねてきた。利都は甘い香りの唇を、うっとりと受け入れる。

「ねえ、りっちゃん」

チカが利都の肩に顔を埋め、低い声で囁《ささや》いた。

「今日は朝までずっと一緒にいて。家に帰らないで。俺といて」

利都は息を呑み、チカの背中をつかむ指に力を込めた。

一人暮らしとはいえ、いつ父親が家に電話をしてくるかわからない。その電話を取れなかったら、どこに行っていたんだ、と過保護な父親に大騒ぎされる。

それに、これからするようなことは、もっと長く付き合ってからすることではないのか。

――ばか、私のばか。あっさりついて行っちゃダメなのに。

そう思いながらも、利都は頷《うなず》いた。

足が震え、身体に力が入らなくなる。けれど利都は、未来の約束のない、小さな恋を選んだ。もう優等生は止《や》めることを決心した。


利都がつれていかれたのは、都心の高級住宅街にあるタワーマンションだった。

まさかチカはこんな家に住んでいるのか、と利都は絶句した。そんな利都の手を引き、チカは花の飾られた豪奢《ごうしゃ》なエントランスを抜け、エレベーターの最上階のボタンを押す。

「チ、チカさんはここに住んでるんですか？」

マンションのあまりの見事さに驚き、利都の声がうわずった。

「うん、会社に近いから楽かなと思って、親戚から買い取ったんだ」

チカがどこか余裕のない様子で答える。曖昧《あいまい》に頷《うなず》いた利都の腕を強く引き、チカはエレベーターを降りた。

長い廊下の突き当たりにある玄関のドアを開け、チカが利都の背中を押す。

「どうぞ、あがって」

押されるがままに一歩家に踏み込み、利都は辺りを見回す。

チカの家は、想像以上に広かった。

広々した大理石《だいりせき》の玄関には革張りの椅子が備えつけられている。長い廊下にはシャンデリアが等間隔に輝き、内扉を開け放したその奥には夜景の輝く全面ガラス張りのリビングが見えた。

――す、すごい家……チカさんはこんな家に一人で住んでるの……？

息を呑んだ利都の身体を背中から抱き締め、チカが耳元で囁《ささや》いた。

「いらっしゃい。なにもない家だけど」

「お、お邪魔……します……」

王子様に背中から抱き締められているなんて嘘みたいだ。それに、こんな豪華なマンションにつれてこられたことも夢のようで、利都の頭は真っ白になってしまう。

「こっちこっち。おいでよ」

「は……い……」

チカが美しい廊下の途中で振り返った。利都が脱いだパンプスを揃《そろ》えるとすぐに、腕を引っぱり白い扉のついた部屋につれ込む。

キングサイズのベッドが置かれた、広い部屋だ。

これからなにをするのか遠回しに告げられているみたいで、利都は思わず立ちつくす。

不意にチカが利都の唇にキスをした。

コンサート帰りに公園でされたキスより長く、車の中でされた時より余裕のある、焦《じ》らすようなキスだ。

重ねた唇からチカの熱い体温が流れ込んでくるように感じた瞬間、利都の足が震え始めた。

「りっちゃん、俺のこと、全部受け入れてくれるよね？」

不意に利都の身体を正面から抱き締め、チカが笑いを含んだ声で言う。チカの胸も、利都と同じくらいどきどきと高鳴り続けていることに、利都は気づいた。

声が出ないほど緊張しながら、利都はチカの言葉に頷《うなず》く。

「ありがと、好きだよ」

チカの言葉と同時に、利都の身体がひょいと抱き上げられた。一瞬後にふわふわのベッドの上に横たえられ、利都は思わず手を握り合わせた。

「なんでそんな怖い顔してるの？　大丈夫だよ。俺、変なことしないよ？」

秀麗《しゅうれい》なチカの顔が、すぐそばに近づいた。淡い光のなかで、ガラスのような目が不思議な緑の輝きを帯びる。あまりの美しさに、利都は緊張も忘れて一瞬彼の目に見とれてしまった。

「緊張してる？」

「は、はい、あの、少し……んっ」

正直に答えた瞬間、チカがのしかかるようにして再びキスをしてきた。ベッドの軋《きし》む音に、利都は反射的にチカの身体を押しのけようとして手を止める。

チカの指が、利都の着ていたコートのボタンを外し、するりと抜き取って床にそっと落とした。

「嫌じゃないよね？」

「は、はい、嫌じゃない……です……」

ぎこちなく答えた利都の答えに、チカが形の良い唇に微笑みを浮かべた。彼の指は次々に利都の着ている服を脱がせてゆき、プレゼントの包装でも開くかのように利都の肌を露《あら》わにしていく。

あまりの羞恥《しゅうち》に、利都はギュッと目をつぶった。顔が熱い。身体が熱い。普段は熱を帯《お》びないような足の間も、じんじんと痺《しび》れるくらいに熱を持っている……

「やっぱり色白さんだな」

キャミソールの裾をめくり、お腹の辺りをそっと指の腹で撫でながらチカが呟《つぶや》く。そのまま利都の手を取って半身を起こさせ、背中に手を回してブラのホックを外した。

「はい、脱いじゃおう?」

利都は火照《ほて》った頬でこくりと頷《うなず》き、カーディガンとブラウスを脱いだ。そして、チカに背中を向けて、キャミソールとブラを脱ぐ。けれど利都はその服を胸の前でしっかりと抱え込んだ。

上半身の服を脱ぎ捨てたチカが、背を向けたままの利都の身体に抱きついてくる。

無防備に晒《さら》された背中に、チカの引き締まった胸となめらかな肌の感触を感じ、利都はビクリと身体を震わせた。

「こっちにおいでよ」

「あ……っ」

抱き締めていた下着を取り上げられ、見せつけるようにゆっくりと床に落とされた。

守ってくれるもののなくなった利都の乳房を、チカの手がゆっくりと包み込む。

「……っ、さ、触らないで……恥ずかしい……」

「なんで? 俺も恥ずかしいよ?」

当たり前のように言われ、利都は唇を噛《か》んだ。王子様に見せられるような身体ではないのにどうしよう。半分パニックになったまま、利都はチカの腕のなかで小刻みに震えた。

「下も脱いで」

チカが利都のスカートのホックに手をかけ、ファスナーをおろした。少し緩《ゆる》いスカートがはらりと滑り落ちる。チカは遠慮なく、ストッキングとショーツにも指をかけた。

「や、やだ……やっぱり恥ずかしいから、暗くしてください」

薄い明かりが気になり、利都はそう口にした。

「え、それじゃ見えないじゃん」

「見、見なくて、いいから……」

「俺、りっちゃんの恋人なんだから見てもいいでしょ」

「で、でも、今日は嫌です、どうしても恥ずかしいから」

「わかった」

少し不満そうに返事をし、チカがベッドサイドに手を伸ばして部屋の明かりを落としてくれた。

遮光《しゃこう》カーテンのおかげで真っ暗になった室内では、ようやく相手の輪郭《りんかく》が判別できる程度だ。

「じゃあ、これ脱いで。俺が引っ張ったら破れちゃうから」

ストッキングのウエスト部分に指をかけたまま、チカが囁《ささや》きかける。

利都は勇気を振りしぼって、それを脱ぎ捨てた。

一糸まとわぬ姿になり、もう引き返せないと思いながら振り返る。その瞬間、裸身を抱きすくめられ、利都は小さく声を上げた。

「あっ」

「ああ、あったかいな、りっちゃんの身体」

チカがそう言って、ゆっくりと利都の腰に手を回す。

肌と肌が隙間なく合わさり、利都は羞恥《しゅうち》のあまり動けなくなった。チカの肌は、とろけるようになめらかで、いつもと同じいい香りがする。うっとりと目を細めた利都の腿《もも》を、もう一つの手がそっと撫でた。

そのまま力強い手が、利都の片足をひょいと持ち上げる。チカが身体を起こし、その膝《ひざ》の内側に口づけをした。

「あ……」

くすぐったさに、利都は思わず声を漏らす。唇は足から離れず、徐々に腿《もも》のほうへと下りてゆく。

利都は慌てて顔を上げ、手を伸ばして止めようとした。

「ダ、ダメ」

けれど唇は止まらず、どんどん下がっていき、チカの耳が足のつけ根に触れる。

「そんなところ、口で……、ダメっ」

不意にかぷっ、と腿《もも》に歯を立てられ、利都は身体を震わせた。得体のしれない感覚がお腹の奥に走る。

「歯形つけていい？」

「な、なんで？」

「なんでもだよ、つけちゃえ」

もう一度、チカが内腿《うちもも》に歯を立てる。羞恥《しゅうち》で利都の目に、涙が滲《にじ》んだ。

ゆっくりと唇を離し、チカが満足げに呟《つぶや》く。

「……つけちゃった、ごめんね」

チカの顔が腿《もも》から離れる。腰を抱いていた腕を解いて、そのまま身体を伸ばし、チカは利都の顔に触れた。

「唇はどこかな？」

わざとらしく耳や頬に触れながら、チカが笑いを含んだ声で言う。

からかわれているのだろう。

「ここ、です……」

利都は小さな声で言ったが、チカは優しい声で、焦《じ》らすようにその答えを一蹴《いっしゅう》した。

「暗くて見えない」

「……っ」

利都はチカの指を握り締め、自分の唇に触れさせた。

「あ、ここか」

チカの唇が、利都の唇に重なる。そのまま、ゆっくりと舌が入ってきた。

なにをすればいいのだろうと考えながら、利都は口を開ける。

舌先で舌の先を舐められ、不本意にもまた声が漏れ出た。

手首を押さえつけられたまま唇を貪《むさぼ》られているうちに、利都の目から涙が一筋流れ出した。きっと脳が混乱しているに違いない、と思いながら、利都は、熱を帯《お》びた舌を舐め返した。

満足したようにチカの唇が離れる。そのままゆっくりと首筋を下りていった唇が、胸の膨《ふくら》らみの辺りで止まる。

「りっちゃん、意外と胸大きいね」

「そ、そんなこと、な……あ、っ」

「大きいよ、美味《おい》しそう。こっちもいただきます」

胸の先端に吸いつかれ、利都はみっともないくらい声を出してしまった。慌ててチカの絹のような髪の間に指を埋めて、彼の頭を引き離そうとする。

「あ、ははっ、硬くなってきてる」

「な、なに、が……」

「ここだよ」

再び胸の先端をついばまれ、小さく歯を立てられた利都は今度こそ半泣きの声を上げた。

「ダメ、ッ、やだ、そこダメ……」

「ごめん、ごめん」

チカが再び身体を起こし、利都の身体を胸にぎゅっと抱いた。

「こういうの慣れてないの？」

「そ、そんなことはない、です」

……同い年の女の人と比べれば慣れていないのかもしれないが、正直に答えていいのかわからない。全身を火照《ほて》らせ、頬をうっすら涙で濡らしながら、利都は首を振った。

「慣れてるかどうか、わ、わかん、な……」

「そっか、じゃあちょっとだけ俺が確かめてあげよう」

チカが利都を抱き寄せたままそう言った。

そして、チカはしっかり閉じ合わせた腿《もも》の間に片手を滑り込ませ、濡れ始めた足の間をゆっくりと指で触れた。

「……りっちゃんのここ、熱くなってるよ？」

かすれた声で囁《ささや》かれた瞬間、足の間にかすかな痺《しび》れが走った。

触れられた部分に熱が集まる。身体が潤《うる》み始めたことを自覚して、利都は首を振ってチカの手に抗《あらが》った。

「ダメ！」

利都の叫びを、チカがやわらかい声で遮《さえぎ》る。

「ダメじゃないでしょ？」

「で、でも、触られるの、恥ずかし……」

「指で、こんなことをされるのが嫌？」

チカの指が、やわらかい襞を焦《じ》らすように広げ、ゆっくりと利都のなかに押し入ってくる。利都は声も出せず、息を乱してチカの身体に縋《すが》りついた。チカの片手が利都の顎《あご》を捉《とら》え、もう一度唇を重ねてきた。

「ん、う、ぅ……」

足の間に忍び込んだ指が、甘ったるい水音を立てる。ズルズルと沈み込む二本の指が、利都の身体を内側からやわらかく攻め立てた。

唇を塞《ふさ》がれ、身体を抱き寄せられたまま、利都はなんとか指から逃れようと虚《むな》しくもがく。けれど、チカの指はついに根本まで沈んでしまった。

何度も何度も、弄《もてあそ》ぶように指が行き来する。

熱を帯びた媚壁をこすられるたびに、利都の身体が甘く疼《うず》いた。

反応してはダメだと思うのに、腰が勝手に動いてしまう。

利都の膝《ひざ》がガクガクと震え始めた。足の間から蜜のようなものがあふれてくるのがわかる。

「りっちゃん、俺のも触って」

「……っ」

利都は涙目で、導かれるままに手を伸ばす。そして避妊具を被せられた、熱く昂《たか》ぶったものにそっと手を添えた。

大きく硬く反り返ったものに触れた瞬間、愛おしさを感じる。

——チカさんに焼けつくほど情熱的に求められている。

そう思うと、利都の身体はさらに疼《うず》いた。

「挿《い》れられそうか確かめるよ、いいよね？」

「う、ん……」

曖昧《あいまい》に頷《うなず》いた時、なかに沈んだ二本の指が、キュッと開いた。くちゅっという水音と共に、甘い痺《しび》れが利都のなかを走り抜ける。

「あぁー……ダメェ……っ」

思わず大きく腰をくねらせてしまい、利都は羞恥《しゅうち》のあまり足を閉じようとした。けれど弱々しい抵抗は虚《むな》しく押さえつけられる。チカの手が膝《ひざ》にかかって、再び大きく足を開かれた。

利都は思わず、闇の中で顔を覆う。

「入りそうだね、大丈夫。だってなか、ぬるぬるしてすごいもん」

「っ、やだ……ぁ」

あまりの恥ずかしさに利都が半泣きで言うと、チカが額に唇をそっと押しつけてきて、優しい声で囁《ささや》いた。

「嬉しい」

「え、あ、なに、が……？」

「りっちゃんが俺のこと信用して受け入れてくれるなんて、夢でも見てるみたい」

「ちが、夢じゃ、な……」

利都がとぎれとぎれに答えると、チカが静かな声で言った。

「夢じゃないんだよね」

ズル、と音を立てて指が抜かれた。

チカの身体が離れ、蜜をたたえた花芯に、硬くなったものの先があてがわれる。

「挿《い》れていい？」

利都は、胸を上下させながら頷《うなず》いた。

強い圧迫感と共に、利都の身体のなかが押し広げられる。

「あ、あ……」

唇を噛《か》みしめ、利都は違和感に耐えた。なんだか、弘樹にされたこととは随分と違う、と頭の片隅で考える。

真っ暗な部屋のなかで、ほんのわずかにチカの姿が見える。利都は必死で息を整えながら、チカのしなやかな腕を握り締めた。

「痛い？」

「だ、大丈夫」

「こういうふうにしても平気？」

利都を奥まで押し広げていたものが、不意に前後に動いた。身体のやわらかな部分を巧《たく》みにこすりながら、くちゅくちゅという音を立てて行き来する。

「ああ、なんかすごい締まってる。めっちゃ気持ちいいよ、りっちゃんのなか」

チカの声がかすかにうわずる。

利都の腰が、勝手に浮いた。受け入れたものを締めつけ、小さく痙攣《けいれん》する。

「なか、すごく狭いけど、痛くない？」

「平、気っ、あ……っ、あ……！」

自分の身体が、こんなみだらな音を立てるとは思わなかった。

暗闇にうっすら浮かぶ恋人の輪郭《りんかく》を見つめながら、利都は、声が漏れないように、唇を手の甲で押さえた。

「……可愛いな」

チカが溜息のように言って、投げ出したほうの利都の手に、そっと自分の手を重ねた。

「りっちゃん、すごく可愛い。ほんとに可愛い」

そう言うと同時に、チカは利都の身体をぐいと突き上げた。

身体の奥を強い力で押し上げられ、利都の身体に、しぼり上げられるような快感が走る。

「ひっ、あ、やぁ……っ」

「でもなんか、こんなふうに足を開いてくれてる姿、めちゃくちゃエロいね」

足を開いてる。そう言葉にされると、恥ずかしさが増す。

本当に明かりをつけてなくて良かった。こんな姿をまじまじと見られたら、羞恥《しゅうち》で死んでしまう。

「ああ、暗いのいいなぁ、よく見えないのってこんなに興奮するんだ」

チカが利都の身体のなかをゆっくりと行き来しながら、揺れる乳房に手を伸ばした。そのまま硬くなった突起に指を這《は》わせ、焦《じ》らすように何度も弾いて弄《もてあそ》ぶ。

ただ挿《い》れられているだけでも熱と快楽に苛《さいな》まれていた利都の身体が、さらなる刺激にびくん、と反応した。

「どこに触ってても反応するからさ……ほら、ここととか、ここも……全部反応してる」

乳房をいじっていないほうの手が、利都の身体中を這《は》いまわる。

肌の感触を楽しむようにゆったりと撫で回されるたびに、利都の肌が快感に粟立《あわだ》った。

「や、あ！　あ、ああ……っ……」

「もっと泣いていいよ、泣いて。その声たまんない。大好き」

「ふ、あ、あ……」

利都の頭のなかは真っ白になってきた。

狭い場所をチカ自身のものでこじ開けられ、敏感になった場所をいじられて、どうしようもなく息が乱れる。

怖いのか、それとも興奮しているのか、自分でもわからなくなる。

「ああ、りっちゃんの声、めっちゃ可愛い」

チカが乳房から手を離し、利都の身体にしがみつく。

胸板でやわらかな双丘を押しつぶされ、利都は涙に濡れた顔をチカの肩に押しつけた。

見た目より、ずっとたくましい身体だ。利都は恐る恐る、その腰を足で挟んでみる。

チカの肌はどこもかしこもしなやかで滑らかで、温かい。触れ合う場所全てがとろけてしまいそうな気持ち良さに、利都の意識はぼんやりとする。

「大丈夫そうだから、もうちょっと動くね」

チカがそう言った瞬間、ずん、という衝撃が利都のなかに走った。膝《ひざ》に手をかけられ、足を大きく開かされたまま、利都の身体が乱暴なくらいに情熱的に突き上げられる。

「あ、あああっ、や、だぁ……っ」

今までに出したことのない甘い声が、利都の口から勝手に漏れ出した。恥ずかしいと思うのに、声を抑えることができない。無意識に利都は、チカの頭を両手で包み込んでいた。

「あ、あ、あ……んっ」

息を乱したチカが、応《こた》えるように利都の唇を塞《ふさ》ぐ。利都は初めて、自らチカの舌に舌をからめた。

口のなかも、身体のなかも、全部愛しい人で満たされている。

終わらない甘い刺激に、身体の奥がひくひくと痙攣《けいれん》を繰り返す。

隘路《あいろ》をこすり上げる刺激にのけぞり、昂《たか》ぶったチカのものを無意識に強く締めつけながら、利都は遠慮がちにチカの唇をついばみ続けた。

「っ、りっちゃんのなか、めちゃくちゃ熱い」

利都から唇を離し、チカが引き締まった胸を上下させて呟《つぶや》く。

そう口にした彼の身体も燃えるように熱かった。

繰り返される抽送《ちゅうそう》に身を任せ、利都は必死に漏れそうになる声をこらえる。

ぐちゅぐちゅという激しくみだらな音が広い部屋に響いた。

快楽に反応してつんと尖った乳房の先が、ひんやりした空気に震える。

今味わっているのは、利都の知っているセックスではなかった。

嵐の海に突き落とされたように全身を翻弄《ほんろう》され、自分の蜜と涙でしとどに濡れて泣き叫ぶなんて、初めての体験だ。

絶え間なく与えられる強い快感に弄《もてあそ》ばれて、否《いや》が応にも利都の身体は燃え上がり、昂《たか》ぶってゆく。

「やあああっ、も、無理ぃ……っ！　こんなの、おかしくなっちゃ……う……っ」

チカの二の腕に無意識に爪を立てながら、利都は叫んだ。

「ふあぁ……っ、あ、あ……」

不意に利都の身体を貪《むさぼ》りつくしていたチカが、小さな声で言った。

「りっちゃん、ごめん。俺、今日興奮しすぎて、もう無理」

利都の一番奥深くに突き立てられたものが、ぐ、と硬く反り返り、小さく震えた。やがてチカの汗だくの身体がぎゅうっと利都にのしかかってきた。

朦朧《もうろう》としたまま、利都はチカの濡れた身体を受け止める。

ぐったりと横たわる身体を抱き寄せた瞬間、今までより近くにチカの存在を感じた。

美しくてどこか遠い存在だった王子様が、今はたしかに腕のなかにいるのだと思える。

「俺、本当に、りっちゃんが好き……君が俺のこと、信用してくれて良かった」

チカがかすれた声でそう呟《つぶや》き、利都の身体を激しく抱き寄せた。その顔は、汗以外のなにかでわずかに濡れていた。


「りっちゃん、起きて」

気を失ったように眠っていた利都は、薄く目を開けた。

分厚いカーテンの隙間から朝の光が差し込んでいる。広々とした部屋は、利都の部屋ではない。

驚いてぱっちり目を開けた利都の身体を、チカが少し笑って抱き締める。

「なにびっくりした顔してるの」

「お、おはようございます……」

自分がパンツに、薄いコットンのキャミソール一枚であることに気づき、利都は慌ててチカの身体を押し戻そうとした。同時に、昨夜のことがなまなましく脳裏に蘇《よみがえ》る。

「あ、あの」

「あは」

チカが軽い笑い声を立て、利都の額にキスをした。それから彼は元気良くベッドを下りる。チカはTシャツにスウェットパンツという格好だ。どうやら、羽布団にくるまっていたのは利都一人のようだ。

「さっきお風呂入れたんだ！　入ろうよ」

「お風呂……？」

「おいで」

ベッドから軽々と抱き上げられ、利都は思わず両手を胸の前で握り締めた。

「お風呂で温まったら、ご飯食べに行こうよ」

「お、お風呂って、あの、一人で」

「いいじゃん」

チカがおどけた仕草で、ポンとドアを蹴《け》る。つれていかれたのは、利都の部屋よりもよっぽど広い脱衣所だった。お洒落《しゃれ》な椅子がおかれ、洗面台の周りには高価そうなアメニティがぎっしりと並んでいる。鏡も曇りなくピカピカだった。

「すごい」

「俺、この家のなかでお風呂だけは気に入ってるんだよねぇ。はい、脱いで」

「きゃっ！」

床に下ろされ、キャミソールを引っぱられて、利都は悲鳴を上げた。

「ダメ！」

チカが不満そうに口をとがらせる。

「えー、まだ見せてくれないの？」

「だ、だって、恥ずかし……いもん……」

「じゃあ、俺は先に入るから、そのタオル巻いておいでよ」

「タオル巻いてお風呂入っていいんですか？」

利都の答えに、チカが噴き出した。

「俺の家の風呂なんだから気にしないでよ。もう……真面目なんだから。じゃ、俺も素っ裸はやめて腰にタオル巻くね」

チカがおかしくてたまらないというように肩を揺らしながら、利都に背を向ける。晒《さら》された見事な背中を一瞥《いちべつ》し、利都も慌てて彼に背を向けた。

——チカさん、結構すごい筋肉だなぁ……。そういえば海で犬と遊んでいた時、足も速かったし、簡単に私を持ち上げられるくらい力持ちだもんね。

そう思いながらキャミソールを脱ぎ、下着も脱ごうとした瞬間、腿《もも》の内側についた歯形が目に留まった。ドクンと心臓が高鳴る。

同時に、昨夜の甘い快感が足の間を走り抜けた。

利都は焦って身に着けているものを脱ぎ捨て、言われた通りにバスタオルを巻いた。

「失礼します……」

お風呂場も、驚くほど広い。そこはすでに温められていた。茶色の壁に、広い浴槽が設《しつら》えられている。ジェットバスらしく、細かな泡が立っていた。

「わぁ……」

「適当に身体流したら入っていいよ。別に温泉じゃないし」

シャワーをあびて髪を無造作に洗っていたチカが、そう言って濡れた髪をかき上げ、ざぶんと浴槽に身を沈めた。

利都はチカの視線を気にしながら、シャワーに頭を突っ込む。無意味に時間をかけて髪を洗い、ボディソープを泡立てて念入りに露出した部分にこすりつけた。

「りっちゃん」

「は、はい！」

「ふう」

チカの言葉にぎくしゃくと頷《うなず》き、利都は濡れたタオルがまくれないよう慎重に浴槽に身を沈める。

「お風呂入れば？」

お湯の温かさと、泡の肌触りの良さに思わずそんな声が漏れた。

広いお風呂はやはり心地いい。

チカが腕を伸ばし、甘えるように利都に抱きついた。

しなやかな身体の感触に、利都は思わず身を硬くする。

「気持ちいい？」

「う、うん……」

利都はバスタオルを抱き締め、頷《うなず》いた。チカは喉《のど》を鳴らすと、利都の耳に唇を寄せ、小さく歯を立てる。

「や、っ」

「ああ、もう、なんでこんな可愛い声なの！」

チカがそう言って、利都の身体をぐいと引き寄せる。タオルの裾が湯のなかでめくれ、利都の腿《もも》の歯形が露《あら》わになった。

「ち、チカさん、見えちゃう」

利都の身体を背中から抱き締めながら、チカが肩口に頭を乗せて、腿《もも》の歯形に手を伸ばす。

「はい。押さえてあげる」

タオルの裾を一度だけ引っぱり、チカが利都の内腿《うちもも》に指を滑らせた。同時に唇が首筋を這《は》い、肩の先で口づけの音を立てる。

「あ、あ、ダメ……」

ぞくり、と、利都の身体に得体のしれない熱が湧き起こる。温かなお湯を、足で蹴《け》った。

「なにがダメなの？」

「さ、触るのが、ダメ」

「ヤダよそんなの。触りたいに決まってるじゃん」

チカが再び利都の首筋に口づけた。足に触れている手が、腿《もも》の内側をからかうようにつねる。利都の感じている熱が、不意にドロリとしたなにかに変質した。チカの腕に指をかけ、利都は哀願するような声で言った。

「も、もう、出たい……お風呂出たい」

「え？　続きしてくれるの？」

チカが耳元で囁《ささや》く。その声は、先ほどと違う熱を帯《お》びていた。

「な、なに言って」

「またしようよ」

利都の身体を背中から抱き締めたまま、チカが言った。愕然《がくぜん》として振り返った利都の唇に、チカの唇が重なる。

「お風呂出て、またしよう」

まだ朝なのに、と思う利都のうなじに、情熱的なキスが降ってきた。

乱暴なくらいの勢いで身体を拭かれ、利都は再びベッドにつれ戻された。

「や、やだ、暗くして」

「これ以上暗くできません。朝だから」

チカがそう答え、ベッドサイドの引き出しから避妊具を取り出す。利都はうつ伏せに横たわったまま、枕にぎゅっと顔を押しつけた。

さっきから何回も裸を見られて恥ずかしい。

なんのためにタオルを巻いてお風呂に入ったんだろう。

羞恥《しゅうち》のあまり歯を食いしばった利都は、びくりとして顔を上げた。チカの顔が、とんでもないところに近づいている。

「な……っ」

お尻の膨《ふく》らみにキスをされ、利都は慌てて足をばたつかせる。

「やぁっ！　そんなところダ……」

「今回は、ダメとイヤは禁止にしようね」

「ど、どうして？」

早くも滲《にじ》み始めた涙をこらえ、利都は振り返った。

チカが薄笑いを浮かべ、いかにもわざとらしい口調で悲しそうに言う。

「だって、イヤとかダメって言われると傷つくじゃん」

「傷つく……？」

「うん」

「そうなの？」

「そうだよ。傷つくよ」

そう言われ、利都はぎくしゃくと頷《うなず》いた。たしかに、そうかもしれない。合意のもとで行っていることなのに、否定的なことを口にするのは良くないことのように思えてくる。

「ごめんなさい」

「わかればよろしい」

チカがそう言って、再びお尻にキスをした。一度ではなく、何度もキスが降ってくる。悲鳴を呑み込んだ瞬間、利都の腰にチカの両手がかかった。

「え……？」

うつ伏せになったまま腰を持ち上げられ、思わずシーツを握り締めた。

「や、やだあ……っ」

「りっちゃん、約束は？」

笑いを含んだチカの声でそう言われ、利都は慌てて唇を噛《か》む。

身体を引きずられ、腰をさらに高く持ち上げられて、利都は必死で足を閉じようとした。けれど、チカの身体に阻まれて、上手く閉じることができない。

なんという姿勢だろう。恥ずかしいから絶対に見られたくない。

けれど羞恥心《しゅうちしん》とは裏腹に、利都の身体の芯《しん》は甘く疼《うず》いた。

――私はなにを考えているの？

なんとか足を閉じようと懸命な利都の蜜口に、熱くなったチカのものが、断りもなくずぶり、と押し込まれる。

びくん、と大きく身体を揺らし、利都はうわ言のような声を漏らした。

「あ、あ、な、なんで……、入っ……」

「りっちゃん、もう、すごい濡れてるもん。丸見えだよ」

チカがかすかに乱れた呼吸と共に、そう囁《ささや》いた。

「い、いじわ……る……」

チカの言葉に、利都の視界が涙で歪《ゆが》む。

こんなふうに明るい場所で見られたことも、こんな格好でしたことも一度もなかったのに。

利都は震える腕で枕を抱き締め、なんとか足を閉じさせてもらおうと虚《むな》しい努力を続けた。

「あ、ああ、っ」

ぎゅっと目をつぶった利都の身体のなかで、チカのものがぎちぎちに硬くなる。

「あ、あ……」

痺《しび》れるような快感と同時に、利都の身体からぐにゃりと力が抜ける。チカの手が、脱力した利都の腰を強引に引き寄せた。

昂《たか》ぶったものが粘着質な音を立てて、利都のなかをゆっくりと行き来し始める。

「バックからって、したことなかった？」

「な、ない、です」

これは、皆がしている行為なのだろうか。とまどいながら、利都は正直に答えた。

「へえ、そうなんだ。じゃあ俺とするのが初めてだね」

なぜか機嫌良くチカが言い、リズミカルに利都の身体を揺する。利都は枕に顔を押しつけ、約束の言葉を言わないように必死に耐えた。

「ひっ、……う、あ……」

こすられる快感が、耐え難いほどに強くなる。肌を晒《さら》し、恥ずかしい姿勢でいるのに、自ら腰を振りたくなってしまう。

利都は必死に枕にしがみついて、甘い責め苦をやり過ごそうとした。

「気持ちいい？」

「え、え……なに……」

ぼんやりと目を開け、利都は枕からわずかに顔を上げて呟《つぶや》く。

「なんか、なか、ひくひくなってるから。気持ちいいのかなと思って」

「そ、そんな、の……」

「気持ち良かったら、いいって言ってもらえると嬉しいな」

チカが笑いを含んだ声音でそう言い、さらに奥に押し入ってきた。

利都は背中を反らし、悲鳴のような声を漏らす。

「ふ、あ……、あぁーっ」

ぐちゅっ、という音を立て、利都の下腹が泣いた。

腿《もも》の内側を、ぬるい蜜が流れ落ちる。

「苦しい？」

「だい、じょうぶ……っ、あ、あああ、っ！」

不意にチカの手が伸び、利都の足の間の小さな芽を押した。目の前に星が散り、耐え難くなって、利都はゆっくりと身体を揺する。

「やっぱり、声がエロいよね」

「ち、違う、そんなこと、ああ……っ」

自分の顔を濡らすものが涙なのか涎《よだれ》なのか、もはやわからなくなってきた。利都はしゃくりあげながら、歯を食いしばってさらに身体を揺らした。

「りっちゃん、もっと欲しい？」

「あ、あ……」

「俺のこと欲しいって言って」

内腿《うちもも》を再びぬるいしずくが伝い落ちた。大きな音を立て、恋しい人の身体を貪《むさぼ》りながら、利都はかすかな声で呟《つぶや》いた。

「ほし、い、で……す……」

「聞こえない」

利都は指が白くなるほど枕をつかみ、声を振りしぼる。

「チカさんが、欲しい」

返事のないまま、利都の身体がぐい、と激しく突き上げられる。

力の入らない身体で必死に枕にしがみつき、利都は泣き声で言った。

「あ、ああっ……気持ち、いい……」

「……なら、良かった」

利都の腰のラインを撫で、手荒に身体を貫《つらぬ》きながらチカが囁《ささや》く。彼も強い快楽を感じてくれているのだろうか。その声はうわずり始めていた。

利都は枕に顔を押しつけ、激しすぎる熱を少しでも逃がそうと身をよじり、声を殺して泣いた。上手く息ができない。

なかをこすられるたびに、身体中の細胞に火がついたみたいな刺激が駆けめぐる。

「あ、はぁ、っ……あ、ああ……」

腕が震えて、身体を支えていられない。

腰を抱かれたまま、背後から深々と貫《つらぬ》かれ、利都は全身をがたがた震わせながら、うわ言のようにうめいた。

「もう、無理、む、り……」

チカが背骨のまんなか辺りにキスをしながら、荒々しい動きとは裏腹の、優しい声で言った。

「ごめんね、慣れない姿勢だから苦しいよね」

「う、う……」

ずるりというなまなましい感触と共に、チカの身体が一度離れる。

羞恥《しゅうち》と快楽でボロボロ涙を流す利都の身体を軽々と仰向けにすると、チカがびしょ濡れの唇にキスをしてくれた。

「……可愛い泣き顔」

「だ、だって、こんなの」

また、キスで唇が塞《ふさ》がれる。利都は我に返り、丸出しの胸を隠そうと弱々しく手で覆《おお》った。

だが、そんな抵抗もあっさりと取り払われる。

淡い光に晒《さら》され、ぷるりと揺れた二つの頂《いただき》に、チカが焦《じ》らすように口づけをし、からかっているみたいに舌先で転がす。

「……っあ、ああ……あ」

利都は言葉にならない声を上げ、胸を覆《おお》おうとした。けれどその手首を枕の上に押さえつけられてしまう。

「はあ、幸せ」

チカがしみじみと呟《つぶや》き、乳房から顔を離す。そして利都の腰を優しく支えて、再びゆっくりと押し入ってきた。熱い塊《かたまり》を驚くほどスムーズに呑み込み、利都の濡れた内壁がじわりと疼《うず》く。

「苦しかった？　大丈夫？」

「大丈夫です……」

利都は涙をたたえた目で頷《うなず》いて見せると、手を伸ばしてチカの上半身を引き寄せる。なめらかな肩に腕を回し、より深く彼を受け入れられるように足を開いた。

利都の手首を押さえていた手を外し、チカが利都の足をひょいと肩の上に持ち上げる。

「りっちゃんって、足も可愛いよね……」

「普通です……」

「可愛いよ。どこもかしこも全部可愛い」

担《かつ》ぎ上げた足にキスをして、チカが焦《じ》らすように腰を動かした。かすかにこすられる小さな蕾《つぼみ》が反応し、きゅっと縮まって、再び切ないほどの快楽を呼び起こす。

くちゅくちゅという卑猥《ひわい》な音を立てながら、チカが利都のなかを行き来した。肩の上に放り出された利都の足の指先が、与えられた刺激にピクピクと震える。

「あ、あ……っ、い、い」

拳《こぶし》を唇に押しつけながら、利都はうわ言のように言った。とろけるような律動で、身体一杯に注がれた快楽が、じわじわとあふれ出そうになる。

「気持ちいい？」

秀麗な額に汗を浮かべ、チカが優しい顔で聞いた。唇を緩《ゆる》ませ、じっと利都を見つめながら、利都の足をやわらかく撫でる。

「俺は気持ちいいよ。大好き、りっちゃん……りっちゃんのこと、ずっと離したくない」

利都の足を肩にかけたまま、チカが身を乗り出して、唇を重ねてくる。身体を曲げられ、一番奥まで圧迫されて、利都の内襞が切ないくらいにひくひくと震え始めた。

愛しい人の唇を味わいながら、利都は身体の奥の震えを止めようとシーツを握り締める。けれど、うまくいかない。痙攣《けいれん》のような感覚がますます強くなり、不意にきゅんと身体の奥が引き絞《しぼ》られた。

「……ん、っ」

チカ自身を強く強く締め上げながら、利都は必死にキスを続けた。声を出したら、ギリギリで耐えているこの感覚が決壊しそうだ。

けれどその縋《すが》りつくようなキスは、チカに中断される。

「あ、ダメだ。りっちゃん、もっと動くね」

チカが利都の前髪をかき上げ、額にキスをした。利都の身体を穿《うが》つ動きが、容赦《ようしゃ》なく激しくなる。

「あ、あ……今、今は、っ」

利都の身体の奥であふれかけていたものが、どっと堰《せき》を切った。

「あ、あーーッ」

利都はのけぞり、甘く残酷な最後の痙攣《けいれん》に耐えた。ひとりでに蜜があふれ、自分では止められない。多分、綺麗だったシーツを汚してしまっているだろう。

激しく息を乱し、彼の形がわかるほど強く襞で締め上げながら、利都はおもいっきりチカの身体にしがみついた。同時に、一人で果てたくない、と思う。

「あ、ああ、チカさん、チカさ、ん……」

同じくらい息を荒らげたチカの唇が、利都をなだめるように重ねられた。

びくびくと痙攣《けいれん》し続ける利都のなかを激しく突き上げながら、チカが利都の頭に頬ずりする。

「りっちゃん、ごめん、俺もいく」

チカが全身をこわばらせて、利都の身体にしがみつく。身体全部が心臓になったみたいに激しいチカの鼓動を感じ、利都は泥のように重い腕を上げて、汗でびっしょりと濡れた彼の背中を撫でた。

言葉のないまま、利都はチカの耳の辺りも触る。

痛いほどに利都の腰をつかんでいたチカの指が、不意に緩《ゆる》む。

チカは一つキスをして、利都の身体からゆっくりと離れた。


しばらく息が整うまで横たわったあと、今度は二人で肌を晒《さら》し合ったまま、もう一度シャワーをあびた。洗面所では、チカが利都の濡れた身体を丁寧に拭いてくれた。

念入りに利都の髪をブローしながら、チカが鏡の向こう側から微笑みかけてくる。

「はい、できた」

相変わらず美しい顔は、今までに見たこともないくらい機嫌が良さそうだった。

利都は気恥ずかしい気持ちで、小さく、ありがとう、と口にした。

「りっちゃん、ほら、やっぱ手入れすると肌もつるつるじゃん。これからは手抜きしちゃダメだからね」

「チ、チカさんのほうが綺麗ですよ……絶対チカさんのほうが綺麗！」

シミ一つないなめらかな肌の持ち主を見上げ、利都は拳《こぶし》を握って断言する。

「いや、さっきも思ったし、お風呂でも思ったけど、すごく綺麗だよ」

チカのセリフに、つい先ほどまでの様々な痴態《ちたい》が蘇《よみがえ》り、利都はカッと頬を染めた。

「チ、チカさ……」

「俺もお肌のお手入れしよ」

妙にニヤニヤしながら、チカがアメニティボックスの小瓶を手に取り、中身を丁寧に顔に塗る。

さっき利都の肌にも丁寧に摺《す》り込んでくれた美容液だ。

「男のくせにこんなことして変でしょ、俺」

「え、そんなことないですよ？　お手入れしてるから、そんなに綺麗なんだなぁって思ってました」

「ありがと。俺、顔しか取り柄ないから頑張る」

チカの冗談に、利都は思わず噴き出した。

秀麗な顔をぺちぺちと叩き、鏡を覗き込んでいたチカが、笑顔で利都を振り返った。

「よし、お手入れ終わり。さ、りっちゃん、今度こそご飯食べに行こう」

「はい」

利都も頷《うなず》き、洗面所におかれた椅子から立ち上がる。

お風呂を掃除したほうがいいのかな、と思ってそう申し出てみたが、週明けにハウスキーパーの人が来るのでいい、と断られてしまった。

住んでいる世界が違うなぁ、と改めて考えながら、利都はチカに手を引かれて長い廊下を歩いた。

チリ一つ落ちてない廊下のピクチャーレールには、一枚も絵がかけられていない。たくさん並んでいる扉も、ぴったりと閉ざされている。

豪華だけれど、なんだか寂しい家だと思う。利都は自分がこの家に拒絶されているように感じた。

「どうしたの？」

不思議そうに顔を覗き込まれ、利都は慌てて首を振った。

「い、いいえ、やっぱりもう帰らなくちゃと思って」

「帰っちゃうの？」

チカが眉根を寄せて腕を組む。利都はうつむいて、小さく頷《うなず》いた。

——冷静になろう。私、今、ちょっとばかになってる……

濃密すぎる時間を過ごしたせいで、自分が正常な判断をしているのかわからない。利都は曖昧《あいまい》な笑みを浮かべたまま、できるだけ明るい声でチカに告げた。

「はい、着替えもないので。水族館はまた今度、気が向いた時に行きましょうね」

利都の言葉に、つい今まで笑顔だったチカの表情が凍りついた。

——あれ……どうしよう、変なこと言っちゃったかな？

利都はおろおろしながら、チカの冷ややかな目を見つめた。

「気が向いた時にってどういう意味？　ちょっと他人行儀すぎない？」

「あ、あの……本当に私は、チカさんが気が向いたらでいいので、こ、声をかけてもらえれば……」

利都はチカの妙な迫力に押されつつ、胸の前で手を握り合わせながら答えた。

「そんなの恋人同士っぽくない。なんかムカつく」

チカがそう言って、壁に背中をつけた利都の身体を、両腕で囲い込む。逃げ道を塞《ふさ》がれて利都は若干怯《おび》えつつ、蚊《か》の鳴くような声で言った。

「あ、あの……っ、そういうんじゃなくて……私、距離感とか……一応……！」

顔が火照《ほて》るのを感じながら、利都は必死に訴えた。

二十五歳にもなって『男女の距離感』もわからないなんて恥ずかしい。けれど、馴れ馴れしくしすぎて嫌われたくない。

頭のなかが混乱して、訳がわからなくなってきた。

「距離なんていらない。俺はベタベタしたい」

チカがきっぱりと言って、利都の唇に軽いキスを落とす。

絶句している利都をじっと見つめ、チカが続けた。

「そもそも距離感てなに？　それ、どこから仕入れた知識なの？　変なテクニックを振り回すの止《や》めて。りっちゃんは、そのむき出しで素のままの、頼りない子うさぎみたいなところが可愛いんだからさぁ」

うさぎ。つまりは草食女子ということか。

たしかにその通りでぐうの音も出ない。

がっくりとうなだれた利都を抱き締め、チカが優しい声で言う。

「ベタベタしようよ、せっかくお休みなんだから。着替えはあとで俺と買いに行こう。だから帰るなんて言わないでよね」

「……あの、私、気が利かないので、チカさんの家にいて良いのか悪いのかよくわからなくて」

しどろもどろになって利都は言った。チカに上手く丸め込まれているような気がする。

「俺も気が利かないってよく言われるよ。なにしろ無駄にボンボン育ちだからさ。あは、気が合うね……っていうか、りっちゃんは変な気を使いすぎ。彼氏にはもっと遠慮なく振る舞うべき」

「彼氏……ですか？」

これ以上チカを疑っては鬱陶《うっとう》しいとわかっているのに、いまいちまだ現実が呑み込めない。

ぼんやりと相槌《あいづち》を打つだけの利都の態度に焦《じ》れたのかチカが首をかしげて溜息をついた。

「そうだよ、彼氏だよ。ちょっとは信用してよ……」

チカがそう言って利都を抱き寄せ、頭にすりすりと頬をすりつけた。

「でも、信用って時間の積み重ねだよね……りっちゃんをめちゃくちゃ好きだから距離を取られると悲しいのは本当だけど、これからゆっくり歩み寄ってもらえればいいなって思う」

これから。

その言葉が、利都の心にくるおしいほどたくさんの花を咲かせた。きっとその花の名前は『期待』というのだろう。

「俺、いい彼氏になるように頑張るね。だから浮気しないでよ？　よその男と話すのは挨拶くらいにして、マジで。りっちゃんは、俺のことだけ見てね」

――期待したら、裏切られた時に痛いの、知ってるのに……！

利都は返事もできぬまま、ボロボロと涙を流してチカの身体によりかかった。たとえ彼が気まぐれで言った言葉だとしても、嬉しくて涙が止まらない。

途中、高価そうなセータを汚してしまうと気づいて身体を離そうとすると、再び頭をぎゅっと抱き締められ、チカの胸のなかに戻されてしまった。

「俺、りっちゃんに疑われないように頑張るから、りっちゃんは信じる努力をしてくれる？」

「は、い……」

チカのぬくもりを確かめながら、利都は目をつぶった。

夢のようだ。

たぶんこの時間は、あまりいいことがなかった利都に神様がくれたご褒美のひとときなのだ。王子様に求められ、王子様に抱かれ、王子様に愛を囁《ささや》かれるこの時間は……

今だけは王子様に独占されたい。自分のなかで、欲張りな利都がそう呟《つぶや》いた。

「約束します、頑張ります、チカさん……」

自分の努力でこの夢を見続けられるのなら、いくらでも努力しよう。そう思い、利都はチカに約束した。

目をつぶった利都のなかに、不思議な気持ちが湧く。

恋する相手は時間をかけて、条件を見極め、たくさんの納得できる理由を重ねて決めるものだと思っていた。

それなのに、今、心を燃やしているこの激しい気持ちはなんなのだ。

出会ったばかりの美しい人に焦《こ》がれて、今までの自分を見失ってしまうほどの熱情は、一体どこから来たのだろう。

そう思いながら、利都はチカの背中にそっと腕を回した。

第六章

会社の仕事を終えた利都は、手のなかにある高級そうなキーケースをじっと見つめた。

もう十一時だ。帰らないと明日が辛《つら》い。

チカからは、『俺は日付が変わるまで帰れなそう。でも良かったら、うちに泊まりに来ない？』

というメールが届いていた。

——本当に平日に泊まりに行って良いのかな……

チカと付き合うようになって、半月が過ぎた。この半月は、甘くて平穏な毎日の積み重ねだった。

平日はメールをやり取りし、週末は待ち合わせして、二人で仲良く出かけ、夜は身体を重ねて一緒に眠る。今のところ、二人の関係は普通の『恋人同士』のように思えた。

それでもつい先日、『いつでも好きな時に来て、遠慮、絶対にしないで！』と渡された合鍵を使う勇気は持てないままだ。

チカの住むマンションは、タワーマンションの最上階の広大なペントハウスだった。場所は、利都の会社からとても近い。

もしあそこで休ませてもらえれば、明日の出勤は楽だろう。でも、そうやってズルズル彼に甘えて、いつもいすわり嫌がられるようになったら、と思うと怖い。

利都は再びじっとキーケースを見つめ、勇気を出して立ち上がった。

『一人暮らしをしても外泊なんか絶対に許さない』と怒る父の顔がよぎったが、チカと会える時間が取れるかもしれない、という期待のほうが勝る。

今日は平日だけれど、チカの家に行ってみよう。その代わり週末は外で会えばいい。そうすれば公私のバランスが取れた彼女だと思ってもらえる……かもしれない。葛藤《かっとう》の末、利都はそう結論づけた。

会社を出て、利都は、チカのマンションのある駅へ向かう電車に乗った。

——ああ、会社から近いなぁ、いいなぁ……

溜息をつきながら、途中のスーパーで、白いご飯と鍋の材料を買う。

食べてくれるかわからないが、疲れて帰ってくるであろうチカの夜食を作ってあげたいな、と思った。

何度かお邪魔した豪華絢爛《ごうかけんらん》なマンションのロビーを通り、合鍵でロックを外して、エレベーターの最上階を押す。

そしてとうとう決心してメールを送った。

『チカさんお疲れ様です。今日は泊めてください。合鍵を使わせてもらいました』

優美な廊下を抜けて玄関のドアを開け、利都は台所に向かった。

その時、スマホが鞄《かばん》のなかで震える。

『じゃあ俺も速攻帰る！　わんこみたいにしっぽ振りながら帰る！　仕事は明日マジメにやりま

す！』


その文面を見て、利都は思わず噴き出した。

あの誰もが見とれてしまうような美しい人が、こんな文章をスマホに打ち込んでいる姿を想像すると、どうしても笑ってしまう。最近気づいたが、彼は外見と中身に大きなギャップがあるようだ。

コートを脱いでいつもの場所にかけ、手を洗い、とりあえず買ってきた鍋の材料を多めの水で煮込む。それから、ご飯をレンジで温め、鍋に出来合いのだしを足した。

――私の料理、ホント手抜き。大丈夫かなぁ、こんなのチカさんに出して……

塩で味を整え、野菜に火が通ったあと、熱いご飯を鍋に投入する。粘りが出ないように火にかけて、最後は冷蔵庫の卵を一個貰って、溶いて落とした。

その時、チャイムが鳴る。

チカだろうか。会社が徒歩圏内にあるとはいえ、驚くくらいに早い。

利都はインターフォンを取った。ディスプレイには、笑顔で手を振るチカの姿が映っていた。

「お、お邪魔してます」

『ただいま！　走って帰ってきたよ！　エントランス開けて！』

「おかえりなさい……」

そんなやり取りでも、利都の心臓はドキドキと高鳴った。なんだか、一緒に暮らしているみたいだ、と妄想しかけて、慌てて首を振ってそんな気持ちを追い払う。

利都は長い廊下を走り、玄関の前で後ろ手を組んでチカの帰りを待った。しばらくしてガチャガチャと鍵が開き、スーツ姿のチカが飛び込んできた。今日の彼は華やかなスーツを着込み、髪もきっちりと整えていて、いつもとは別人のようだ。

「りっちゃん！」

チカがコートを片手に、ひし、と利都を抱き締めた。彼の心臓がどくどくなっているのに驚いて、利都はチカを見上げた。

「メッチャクチャ走ってきたよ……ああ疲れた。ただいま！　今日は国内の偉い学者さんを呼んで、基金発足記念のレセプションだったの。愛想笑いしすぎて顔が痛い」

「お、おかえりなさい、お疲れ様でした。あの、レセプションってなんですか？」

「ん？　レセプションっていうのは、公式の歓迎会って意味だよ。今日は立食パーティだったんだ。俺は飲まず食わずでゲストの話を聞く役だったけど」

そう言いながら、チカは利都に頬ずりを繰り返す。

嬉しそうなチカの様子に、利都は安堵《あんど》する。

「りっちゃん、今からなにか食べに行こうか。おなかすいちゃった。でも、もう遅いから止《や》めておく？」

「ご飯作りましたよ」

「本当？」

「あの、すごく手抜きの雑炊ですけど」

「食べる！」

チカが顔を輝かせてそう言い、利都の手を引いてリビングに向かった。それから、満面の笑みで振り返る。

「うわ！　俺の家からいい匂いがする！　嘘みたい。こんな夢みたいなことがあるんだ、感動」

どうやら、喜んでくれているようだ。利都もつられて笑顔になり、チカの背中を押した。

「もう……早く着替えてきてください」

利都は笑顔のまま、雑炊を二つの取り皿によそい、レンゲを添えてテーブルに並べた。

北欧風の素晴らしいダイニングにチョコンと雑炊の皿が並んでいるのは、なんだか滑稽《こっけい》だ。こんな素敵なテーブルには、もっとご馳走《ちそう》を並べてあげたい。

——今度、一緒に料理してみたいな……ハンバーグとか……

抑えきれず、楽しい想像が浮かんでくる。どんな服装をしていても格好いいチカは、きっとエプロン姿もよく似合うだろう。利都はそう思い、軽く頬を押さえた。

「お待たせ！」

ジャケットを脱いでカーディガンを羽織《はお》ったチカが、あっという間に戻ってきた。

「わぁ……ありがとうりっちゃん、美味《おい》しそう。俺、雑炊大好き！」

その答えに、利都は思わず噴き出した。

雑炊が大好きな御曹司なんて聞いたことがない。

高級なものを食べ慣れている身の上だろうに、あり合わせの雑炊でこんなに喜んでくれるとは思わなかった。チカは根が優しい人だから、気を使ってくれているのかもしれない。

「勝手に作ってごめんなさい」

「なんで？　めっちゃ嬉しいよ、大歓迎だよ！　わぁ、俺、今日、朝七時から電話会議とか、パーティの準備とか頑張って良かった……いただきます！」

「ふふっ」

つい嬉しくなって、利都は声を立てて笑った。

こんなふうに心を明るくしてくれるのは、やっぱりこの人だけだと思う。

「ああ、美味《おい》しい。全然手抜きじゃない。すごい美味《おい》しいよ」

「良かったぁ。チカさんって美味《おい》しいものしか食べないかなって、ちょっと心配だったの」

「美味《おい》しいよ！　美味《おい》しいからお風呂一緒に入ろう！」

「えっ……な、なんですか……」

唐突に話を変えられ、利都は絶句した。

「お風呂に一緒に入ろうって言ったの」

「えっ？」

それでもなにを言われたのかわからず、利都は問い返す。

「よし一緒にお風呂、決まりね！」

「え、え、なんで……明日も仕事なのに……」

利都は赤面し、小さく首を振る。ただ風呂に入るだけですむとは思えない。

「人間ね、頭を一杯使ったあとにエロいことをすると、すっごくスッキリしてまた頭が冴《さ》えるんだよ？　ホントに。今日試せばわかるよ！」

チカは真顔でそう言い、幸せそうに残りの雑炊を平らげた。

利都は頬を火照《ほて》らせてなにも言い返せぬまま、チカの端整な顔を見つめる。

――あ、明日も会社なのに、大丈夫かな……それに恥ずかしい……

気まずいようなむず痒《がゆ》いような気持ちでうつむき、利都は残りの雑炊をちびちびと口に運んだ。

「はぁ、なかなか美術品って貸してもらえないね」

レンゲをおき、指先をちょこんと合わせたチカが溜息をつきながら言った。

「美術品ですか？」

「そう。うちの美術館の企画展示のために、目玉になる美術品を海外からレンタルしたいわけ。俺は学生時代に留学させてもらってたから、その時にできた友達のコネとか、モデルしてた頃可愛がってくれたデザイナーさんのツテとかを頼って、オーナーさんに『所蔵している美術品を日本に貸し出してもらえませんか？』って交渉する仕事を今してるの。オーナーさんは大富豪の場合が多いから、アポ取るだけでも時間がかかるんだよなぁ。ホント面倒くさい」

「すごい仕事ですね」

利都は感心して、素直にそう言った。

「別にすごくないよ。細かい調整が多いし気を使うし、面倒くさいだけだもん。あ、ごめんね、愚《ぐ》痴《ち》なんか言っちゃって」

チカは心から大したことないと思っているようだが、そもそもコネもなにもない一般の人がそんな仕事をしても、門前払いされるだけだろう。さすがは澤菱家の御曹司と思ったが、チカが『実家を好きではない』と言っていたことを思い出し、それを口にするのは止めた。

「いいですよ、愚痴《ぐち》くらい。だってチカさん、毎日遅くまで大変そうですし」

「ありがとう。りっちゃんにそう言われるとなんかホッとする。俺、甘えすぎかも。でもなんか仕事から帰ってきて、こうやって喋《しゃべ》れるの幸せ」

少し疲れた顔をしていたチカが、笑顔でそう言った。

——チカさんは、自分のことを評価してないけど、やっぱり雲の上の人だよね。私なんか、一生海外の上流階級の方とお話しする機会なんてなさそうだし、そもそも、彼らとどう接していいか知らないもん……

「やっぱり家にいる時はくつろいだ気持ちでいたいよね。あの、俺さ、将来、仮にだけど、結婚とかしたらさ、絶対家族を一番大事にしたい。家族を放り出して自分の好きなことばっかり優先するような人間が一番嫌いだから」

チカが、ネクタイを緩《ゆる》めながら言った。

機嫌の良さそうな明るい声が、段々と冷たくなってゆく。

「……本気の恋だろうがなんだろうが、子どもを放っておいてよそに愛人を作るような奴は許せないもん。どんなに尊敬してても、そういうところを見たら嫌いになるね」

潔癖さが滲《にじ》み出た口調で語るのは、彼の両親のことなのだろうか。

結婚した時からバラバラの夫婦だったというチカの両親。

なにも言えずに、利都は無言で頷《うなず》いた。

「俺は絶対に奥さんを一番大事にするよ。どんなに金持ちのお偉いさんでも、家族を大事にしない奴はダメだと思う。そんなの俺のルールでは絶対ダメ」

チカは今までにも何度か、同じようなことを口にしている。

利都との未来を語っているようでいて、その実、自分の心の傷をなぞっているようでもあるその言葉に、いつもなんと返事をして良いのかわからない。

「私も、家族と彼氏のことは、とても大事です」

控えめに、利都はそれだけ口にした。チカが我に返ったように利都を見つめ、手を伸ばして利都の髪を愛おしげに撫でる。

「……うん、俺、りっちゃんがすごく大事。もうちょっとしたら一緒にお風呂入ろうね！」

「や、やっぱりお風呂は一緒ですか？」

かぁっ、と顔に血が集まる。利都は雑炊の入っていたお皿を注視しながら、ややうわずった声で確認した。

「うん、エロいことしてリフレッシュして、愛を確かめ合おう」

チカがいつもの表情を取り戻し、にっこりと笑ってそう言った。

その日は結局、後片づけが終わるやいなや、脱衣所に引っぱり込まれてしまった。

「ん……っ」

鏡の前でキスされるのは、たまらなく恥ずかしい。そう思いながら、利都はぎゅっと目をつぶってチカの唇を受け入れる。彼の指が、利都のカーディガンを脱がせ、ブラウスのボタンにかかった。

「ん、う……」

利都の胸が羞恥《しゅうち》と、それを上回る期待に激しく上下する。貪《むさぼ》るように唇を重ねてくるチカの舌に自分の舌をからめながら、利都は震える指を伸ばして、チカのカーディガンのボタンをゆっくりと外した。

——私も触りたい……

仕事をしている時や、家で一人でベッドに横になっている時など、ふとチカのなめらかでいい香りのする肌を思い出すことがある。利都はチカの美しい肌に触れるのが好きだ。触れているとなんだか落ち着くし、彼と寄り添っている時は、すぐに眠れる。

利都はようやく、ボタンを二つほど外し終えた。なぜチカはキスをしながらすいすいと服を脱がせることができるのだろう。利都のブラウスは、もう半ばまで脱がされかかっている。

利都の着ていた服が肩を滑り落ちた。利都もどうにかチカのシャツのボタンを半分外し終え、隙間からそっと手を差し入れる。サラリとした質感のアンダーシャツをめくり、引き締まった腹の辺りへ不器用に手を這《は》わせた。

やはり、彼の肌は触り心地がいい。早くもっと触れたいのに上手く服を脱がせることはできなくて、もどかしさに焦る。

「りっちゃん、お風呂入ろう」

唇を離し、チカが耳元で囁《ささや》きかけた。ブラのホックを器用に外したチカの手が、するりと背中を撫で下ろす。

「あ……」

利都は、背を滑るチカの手の感触に思わず声を漏らした。温かな手が、少し緩《ゆる》いスカートの隙間に滑り込み、腰を何度も撫でる。

「ス、スカート、自分で、脱ぎま……」

言いかけた利都のスカートが器用に脱がされ、すとんと床に落ちた。

チカがストッキングの腰の部分に手をかけ、下着と一緒に一気に引きずり下ろす。丸裸になってしまった利都は、かろうじて身体に引っかかっているブラジャーを抱いて悲鳴を上げた。

「きゃっ！」

「はい、脱げました。寒いから先に入って」

かがみ込んだ姿勢で利都のおへそにキスをし、チカが笑顔で言う。

利都は顔が真っ赤になっているのを自覚しながら、服をおざなりに畳み、お風呂場に飛び込んだ。

身体を見られるのは初めてではないけれど、やはり未だに恥ずかしい。

落ち着かない気持ちでポンプをカシャカシャいわせてボディソープを取って泡立て、足や胸になすりつける。それから、慌てて髪をゴムでくくった。

「お待たせー」

中途半端に泡まみれになっている利都の身体をじっと見つめ、チカがひょいとかがみ込んだ。

「今日も洗ってさし上げますね、お姫様」

「え、え、大丈夫、自分で洗います」

「ダメー、俺が洗います。はい、観念して」

チカが、椅子に座った利都の身体にギュッと抱きついて手を伸ばす。

むき出しになった利都のおしりを何度も泡立てながら、チカが機嫌のいい声で言った。

「んー、いい感触。すべすべ」

全裸で腕のなかに抱き込まれ、利都はうっとりと目をつぶりかける。恋しくてたまらない人の身体を自分の肌で感じることができて、なんだか夢見心地だ。

チカの手が、ボディソープを泡立てながら、背中や腰をゆるゆると這《は》いまわる。

一つ一つのやわらかな感触に声を漏らしそうになりながら、利都は懸命に息を呑んだ。

「ねえ、りっちゃん」

「は、はい」

「俺のことも洗って?」

頷《うなず》いて、利都はシャワーを手に取り、そっとチカの身体にお湯をかけた。

「で、では、あの、洗います……」

利都はボディソープを泡立て、チカの引き締まった胸に塗りつけた。

「え、えと、お痒《かゆ》いところは」

「美容院か!」

動転して口走った言葉に即座に突っ込まれ、利都の顔にますます血が上った。

「……まあ、でも美容院ごっこでもいいよ。じゃあ可愛い美容師さん、美容師さんの身体で俺のこと洗ってください」

言われたことの意味がわからず、利都は首をかしげた。

「どうやるの？」

「こうだよ」

チカが笑いを含んだ声で言って、利都をぐいと抱き寄せた。

泡だらけのチカの胸に、泡だらけの利都の身体が抱き込まれる。ぬる、と利都の胸が引き締まった胸板の上を滑った。

「きゃぁ……っ」

「あは、最高……そうそう、こんな感じで洗ってください、可愛い美容師さん」

「あ、あ……っ」

利都の胸の先端が、強い刺激にきゅっととがる。チカがわざとらしく身体をこすりつけながら、利都の内股に手を伸ばした。

「早く洗って、俺も洗ってあげるから」

足の間の秘めた場所に、チカの指先がかすかに触れた。利都は震え始める膝《ひざ》に力を入れ、言われた通りに身体をチカの胸と腹にこすりつける。

二人の肌の間に、ぬるついた泡が伸びて広がった。

胸をこすり合わせる感覚が気持ち良すぎて、妙な声が漏れそうになる。

チカの指が、利都の秘部を嬲《なぶ》るようにいくども行き来した。

足の間から、じわじわと熱が広がり始める。

たまらなくなって、利都はつるつる滑る泡だらけの腕で、チカの首筋にしがみついた。

「ダ、ダメ、そんなとこばっかり、洗わない、で……っ」

「だって、ひくひくしてて可愛いんだもん……」

チカの指が愛おしげに、利都の襞になった部分を撫でる。

「もう綺麗になったからいい……！　チカさんの身体も綺麗に洗えたから、お湯に入ろう？」

半ば懇願《こんがん》するように、利都は言った。チカが不承不承というように、シャワーで泡を流してくれる。

「では、お風呂の前に、はい！　じゃーん」

泡を流し終えたチカが、シャンプーなどがおいてある棚から、小さなパッケージを取り出した。

「つけて」

「え、ええっ？」

利都は胸を隠したまま、チカが目の前に差し出したコンドームの袋から身を引いた。

「お、お風呂では、普通しない……よ……？」

「するもん。大きくなっちゃったもん。りっちゃんが気持ち良くするからでしょ」

「ち、ちが……」

「ね、これつけて」

両肩をそっとつかまれて逃げられず、利都はカタカタ震える手で、大きく反り返ったチカのものに手を伸ばした。

「わ、わかった……」

手渡されたコンドームを、利都は不器用にかぶせた。斜めにかぶさったそれにチカが片手を添え、綺麗に直す。

「ありがとう」

おでこにキスされるのと同時に、利都の身体がひょいと持ち上げられる。

床に腰を下ろしたチカの腿《もも》の上に、向かい合うような形で抱き上げられ、利都は腕を突っぱって逃れようとした。

明るくて、丸見えだ。胸の先端がチカの胸板に押しつけられ、隠そうとしても隠せない。

「嫌、この体勢恥ずかしい」

「恥ずかしいよね。明るいもんね、丸見えだよ」

語尾に音符がつきそうなくらい機嫌のいい声で言われ、利都はゴクリと息を呑む。

「ね、俺の握って、自分で挿《い》れてみて」

「え、う、上に乗るの……？」

チカの注文に赤面し、利都は恐る恐る問い返す。自分で挿《い》れるなんて、したことがない。

「そう！　乗って乗って！」

太腿《ふともも》に指をかけられ、チカの手で足をぐいと開かされてしまう。

利都は恥ずかしいのをこらえて腰を浮かせ、恐る恐る先端を自分の花芯にあてがった。

ひく、と触れた部分が震える。身体の奥が、濡れてゆくのがわかる。

「っ、ふ……こ、こう……？」

じゅぷ、と音を立て、利都の身体がチカのものを呑み込んでいく。

「……っ、そうだよ、そんな感じ。もっと奥まで挿《い》れてくれる？」

耳元で囁《ささや》かれ、利都はチカの首筋に抱きつきながら、ゆっくりと身体を沈めた。

チカの手が容赦《ようしゃ》なく足を開かせた拍子に、利都の身体がずぶりと沈み込む。

「あ、ああーっ……やだ、入っ……！」

「あは、すごいあったかい」

利都の腰に、チカの腕ががっしりと回る。そのまま首筋と肩に何度もキスをされ、利都はかすかにのけぞって、身をよじった。

「こ、こんなところ、で、ダメだよ」

「真面目だなぁ」

からかうようにチカが言って、下からぐい、と利都の身体を突き上げた。今まで味わったことのない角度でぬかるんだ内壁を刺激され、利都は小さく首を振って声を漏らす。

「あ、ああ……っ、奥、当たる……っ」

「ねえ、なか、ぐちゅぐちゅいってるから気持ちいいんだよね」

「や、やあっ、ちが、そんなこ、と、な……っ」

「……綺麗な肌」

利都の喉《のど》にぱくっと噛《か》みつくふりをして、チカが呟《つぶや》く。

「あ、ああっ、なんか、今日、大き……い……なんで……？」

腰を強く抱かれているせいで、必然的にあられもない体勢になり、下半身が激しく擦り合わされる。小さな花芽を刺激され、利都はチカの腕をつかんで刺激をやり過ごした。

「っ、そんなに、突かないで、お願い……っ」

「ごめん、無理。気持ち良すぎて動いちゃうんだもん、勝手に」

片手を腰から離し、チカが指先で利都の乳房の先をからかうようにキュッとつまんだ。

それだけで、チカのものを呑み込んでいる隘路《あいろ》が、さらに締まる。

「あ……っ、やだ、胸、やだぁ……っ」

「可愛い。ね、もっと泣いて」

チカが幸せそうに、利都の首筋に頬ずりして言った。

「俺、りっちゃんのその声大好き……」

「や、あ……」

みだらで粘ついた音が利都の身体のなかから響いてくる。

痺《しび》れるような快楽が、身体の奥をしぼり上げた。

いつしか利都は、自分からゆるゆると腰を振っていた。肌と肌が重なっている部分が、全部温かく愛おしい。

突き上げられるたびに、耐え難いほどに甘い疼《うず》きが身体に走る。

生理的に流れ出した快楽の涙で、利都の顔はしたたるくらいに濡れていた。

「ああー……チカさん、っ……あ、あ……ッ」

前の恋人との時は億劫《おっくう》だった身体を重ねるひとときが、今では待ち遠しい。

どんな恥ずかしいことをされても愛しくてたまらないのは、相手が彼だからだ。

チカの肩に顎《あご》を載せ、利都は全身でそのぬくもりを噛《か》みしめた。

「はぁ、俺、りっちゃんのこと好きすぎてやばい」

「私……も」

利都の腰の辺りを撫でていたチカが、ふと腕を止めた。

「え……？」

「私も、好き、大好き」

やわらかい湿った髪に頬をこすりつけ、利都は心の底からそう言った。

ぽたん、と水の垂れる音が響く。

利都を抱き込んだまま凍りついたように動きを止めていたチカが、不意に囁《ささや》いた。

「……こら、いきなりそんなこと言われたら、感動してイッちゃうでしょ……ダメだよ」

チカが利都の身体を抱いて、濡れた温かい床に押し倒す。

「俺も好き」

しなやかな身体が、床に組み敷かれた利都の身体に覆《おお》いかぶさる。

隙間なく肌を合わせ、獣のように息を荒らげながら、チカはがつがつと音を立てんばかりに、利都の身体を激しく貪《むさぼ》った。

強く抱かれながら、利都は両足でチカの身体を締めつけた。

身体の奥をかき回され、鋭敏にとがった胸の先端を胸板でいくどもこすられて、身体中に与えられる快楽から逃れるすべがない。

こすり立てられた秘肉が、行き来するチカのものにからみついて、切なく震えた。

「りっちゃん、大好きだよ、大好き」

チカの苦しげな囁《ささや》きが、利都の下腹に熱い熱を呼び起こす。

いくども身体の芯《しん》を痙攣《けいれん》させながら、利都はめくるめく陶酔《とうすい》をこらえた。

秘裂から蜜がしたたり落ち、あられもない音が利都の耳に届く。

チカの攻めを受け止めていた粘膜が、引きしぼるようにひくひくと震動し始める。

目の前に霧がかかるほどの刺激に、利都は思わずチカの背に爪を立てた。

「あーっ、あっ……やあ、ぁ、っ、チカ、さ……っ」

「ごめん、りっちゃ……今日もう無理……」

熱く硬くなったものが、利都の奥の奥に突き立てられる。

チカは身体を硬直させ、利都を乱暴なくらいに抱き締めた。

利都はチカに縋《すが》りつき、耐え難い快感にのけぞりながら、痺《しび》れた身体で最後の情欲を受け止めた。

翌朝、利都は、チカに抱きつかれて目を覚ました。

「うわぁ、りっちゃぁぁん」

寝ぼけ眼《まなこ》をこする利都に、チカが泣き真似をしながら飛びついてくる。

「おはよう……ございます……」

「おはよう！　俺さぁ、ゴールデンウィーク明けに一ヶ月出張行くことになっちゃった。イタリアのお偉いさんに呼び出された！」

まだ先の話だが、なんとなく寂しさを感じ、利都はチカの差し出す携帯の画面を覗き込んだ。英語だが、五月の十日から云々《うんぬん》、と書かれているのはわかる。

「やだよー、なんで海外出張なの……やだー」

「じゃあ、五月に入ったらしばらく会えないんですね」

「やだー！」

子供のように叫ぶチカに押し倒され、利都の身体はふかふかの羽布団の上に沈んだ。

「か、海外嫌いなんですか？」

「いや、海外はずっと住んでたからスキ。五月に行かなきゃいけないヨーロッパも、昔の友達がたくさんいるからスキ。でもりっちゃんと離れるのがイヤ」

「一ヶ月くらい待ってます」

利都の口から、自然にそんな言葉が出た。目を丸くして振り返るチカに、利都は微笑みかけながらつけ加えた。

「私も寂しいですけど、一ヶ月くらい、待っていられます」

「なんでそんなに冷静なの？　あのイケメンの山崎さんにナンパされないかとか、会社のほかの同僚にナンパされないかとか、歩いてたらナンパされないかとか、無茶苦茶、心配なんだけど」

「な、ナンパなんかされません！」

「嘘つけ！　俺にされたくせに……！　信じらんない！」

そういえばそうだった。思わず口元を押さえる利都の額に、チカが目を細めてキスをした。

「海外に行ったらりっちゃん不足で死んじゃうかもよ、俺」

妙にむず痒《がゆ》い気持ちになり、チカの肩に顔を埋めて利都は答えた。

「一杯メールします」

「メールじゃ足りません」

チカに美しい目でじっと睨《にら》まれ、利都はしどろもどろになった。

「え、えっと……じゃあ、電話すればいいですか……？」

「ネットの無料電話！」

「あ、あ、えっと、どうやるんですか……？」

「簡単だよ。あとで使い方教えてあげる」

押し倒されたままぎゅうっと抱き締められ、利都は思わずチカの背中にしがみつく。

これから会社だというのになにをやっているのだろうと思うものの、利都は温かくしなやかなチカの身体をうっとりと味わった。

「ねえりっちゃん、今日も泊まりに来てよ。週末においていった着替え、まだあるでしょ」

「あの、今日は定時退社日で早く帰れるので、ちゃんと自宅に戻ります」

「ふーん……お前なんか夜中に帰ってきて、寒い家で一人で素麺《そうめん》でもすすってろって意味だね、おっけー。いいよいいよ。りっちゃんが『うん』って言ってくれるまで拗《す》ねまくってやる」

利都から離れて背を向け、チカが膝《ひざ》を抱えて丸くなる。利都は驚いて起き上がり、チカの肩を揺すった。

「チカさん、会社に行く支度しましょうよ」

一瞬だけ利都を振り返り、チカが再び拗《す》ねたように身を縮める。

利都は、思わず笑い出した。

なんでこんなに、子供みたいな真似をするのだろう。

「わかりました、じゃあ今日だけ来ます」

そう口にした瞬間、利都も嬉しくなった。優等生ぶって家に帰ろうとしていたけれど、本心では利都も、ずっと彼と一緒にいたいと思っていたのだ。

「よーし今日も一日、仕事頑張るぞ！」

チカが急に立ち上がった。身軽な動作でベッドから飛び下り、ふざけたように伸びをする。

それから機嫌良く目を細めて、利都に言った。

「りっちゃん、着替えておいでよ。メイクしてあげる！」

利都は頷《うなず》いて、ベッドから下りた。

嬉しい、今夜も彼と一緒に過ごせる。そう思っている自分のことが、なんだか不思議だった。

チカのそばにいたい。そばにいると幸せになれるのだ。それ以外になにも考えられなくなってきている自分にとまどいながらも、利都は会社に向かう準備を始めた。


結局、利都は、平日も、チカの家で過ごすようになった。

父からは『夜に電話が繋がらないことが多い』と叱られたが、最近は夜中まで仕事があるのだと嘘をついて、チカの家に入り浸っている。

着替えも、チカの家にたくさん持ち込んでしまった。こうして人は歯止めが効かなくなるのだな、と、利都はチカのマンションでまったりしながらぼんやりと考え込む。

そんな利都を見上げながら、チカがパーティに誘ってきた。

「パーティですか」

「うん、俺の友達の婚約パーティ。今日お誘いメールが来たんだけど、一緒に行かない？　今週の土曜日」

傍《かたわ》らの利都の膝《ひざ》の上に頭を載せ、ソファに寝そべったチカが満足げな表情で言う。

こんなに綺麗な男の人に膝枕《ひざまくら》をしているなんて信じられないな、と思いつつ、利都はチカの絹のような栗色の髪をそっと撫でた。チカが気持ち良さそうに目を細めて、話を続ける。

「パーティ行くより二人でいたほうが楽しいんだけど、さすがに婚約パーティくらいは顔を出そうかなと思って……りっちゃんのこと友達に紹介もしたいから一緒に行こう？」

「お友達ってどんな方達ですか」

澤菱グループの関連企業の御曹司、ご令嬢が集まるような、利都が行くには場違いな集まりに行くのは気が引ける。

「普通の友達だよ。平気。俺がいるから心配しないで。必ず、りっちゃんのことを守る。それに、パーティが嫌だったらすぐ帰ろう」

本当にそんな場所に同行して良いのか、と不安に思いながらも、利都は頷《うなず》いた。

「わかりました……」

チカが笑みを浮かべ、利都の手を取る。利都の手をしみじみと眺め、指に指をからめつつ彼は言った。

「可愛い手」

「い、いや、私、手が小さくて恥ずかしいんです」

「この指輪のサイズは七号ぐらい？」

利都が中指にはめている、夏のボーナスで買ったファッションリングを見て、チカがそう尋ねる。

「は、はい、この指輪はそうです」

「これ、シンプルで可愛いね。ハンドメイドなんじゃない？　そんな気がする」

利都が気に入って珍しく身につけていたのは、勇気を出して高級店で買った、ちょっとしたブランド品の指輪だ。

いつもセンスの良いチカに褒《ほ》められ、利都は思わず笑顔になった。

「そうなんです！　イタリアの職人さんが作ったってお店の人が言ってました」

「今日はなんで指輪してるの？」

そう問われ、利都の顔が思いきり火照《ほて》った。

「あ、あの……ちょっと可愛い格好をしようかなって思って……チカさんがすごくお洒落《しゃれ》なので……」

もちろん、指輪一つで、チカの洗練された装いに追いつけるとは思っていない。それでも、なんとかチカと釣り合いが取れるようになりたかった。顔に血を上らせた利都の膝《ひざ》の上で、チカが笑う。

彼の白い耳も赤く染まっていた。

「ふっふっふ」

「な、なんですか！」

「今の俺の姿は、彼女に『今日はお洒落《しゃれ》してきた』って言われて、デレデレになっているお兄さんの図です！」

チカが緩《ゆる》みきった顔で、利都の膝《ひざ》からひょいと飛び起きた。

「ああ！　もう！　可愛いな！」

利都の身体が、見かけより遥《はる》かにたくましい胸に抱き寄せられる。

「俺、りっちゃんといる時、可愛いしか言ってないけど……可愛いよ。なんでそんなに可愛いの」

チカの身体に腕を回し、利都も尋ね返した。

「チカさんはなんで、私みたいな普通の人と付き合ってるんでしょうか」

聞かないほうが身のためかな、と思いながらも、利都は聞かずにいられなかった。

なぜこんなに美しい御曹司が、一時的かもしれないとはいえ、自分を気に入ってくれたのだろう。

そのことが不思議でたまらない。

「え、なんでって……好きだからだよ。りっちゃんは、もう少し鏡見ようね」

当たり前のように答え、チカが大きなガラスにも似た目で、利都の目を覗き込んだ。

「可愛いと思ったからりっちゃんに声かけて、会うたびに可愛い可愛いって思ってるうちに、なんか、この子、俺がいなきゃダメなんじゃないかな、なんて思っちゃったんだよね……。いきなり足元に空いた穴に落ちた感じ。でもその穴ははちみつで一杯で最高に甘くて幸せだから、もう一生、この穴から這《は》い上がれなくていい。俺はここに落ちるために生きてたんだなって思う」

「穴に……落ちた……？」

「そう、あまーい穴にどっぷり落ちた。世間の評価を気にして選び抜いた人じゃなくて、穴に落ちて出会った運命の相手がりっちゃん。なんてね」

利都は瞬《まばた》きして、微笑むチカの顔を見つめ返した。

同じだ。利都の気持ちも、会うたびにずるずるとチカへと傾き、気がついたら落ちていた。その穴の先に、抜け出せない恋があったのだ。

いい香りのする胸に頬を寄せて、利都は目をつぶった。

——チカさんは別世界の王子様じゃなくて、私と同じ気持ちでいるのかもしれない。

初めて、そんなふうに思うことができた。

王子様の気まぐれで一時的に選んでもらえただけかもしれないという引け目にも似た気持ちが、嘘のように軽くなる。

「りっちゃん、いい？　俺がいない間に会社のエリートくん達とメルアド交換とかしないでね」

利都を抱き締め、チカが冗談とは思えない声でボソリと言った。

唐突な話題の転換に、利都は噴き出す。

「なんの話ですか、しませんよ」

「いや、俺、マジで嫉妬《しっと》深いから。毎日同じこと頼むタイプだよ？　相当うざいよ？」

「知ってます」

利都は笑いながら、チカの胸から顔を起こした。これまでに、何度チカから『山崎先輩と会話しないでくれ』と頼まれたことだろう。自信にあふれた山崎のような人は、ちょっと気に入れば、誰でも精力的に口説いているに決まっているのに。

「私もヤキモチ焼きなので、女の子に優しくしすぎたりしないでくださいね」

その言葉に、チカが真顔で首を振った。

「しない。他の女の子なんか見ないよ。俺は家族や恋人がいるのに浮気する奴なんか大っ嫌い」

ひどく、頑《かたく》なな声だった。

ああ、まただ、と思う。心の傷をなぞり、その痛みを確かめているようなチカの言葉。

チカは、両親の行為で深く傷ついてきた。そのせいで家を出て、今でも彼らを許せないまま苦しんでいるのだ。

けれどチカの両親は離婚したと聞く。お互い話し合い、納得し合った上で選びとった結果が、その別離だったのだろう。

チカを傷つけた両親は泥沼から逃げ出せたのかもしれないが、チカだけが今でもそこで苦しんでいる。どうすれば、チカの心の痛みは消えるのか……

「りっちゃん、どうしたの？」

「いいえ、なんでもないです」

利都はもう一度チカの胸に寄りかかり、目をつぶってそう答えた。利都にできることは一緒にいることだけだ。

いつか時間が経てば、チカは両親を許せるだろうか。囚われ続けている痛みから彼が解放される日が来ることを利都は祈った。

第七章

夜はチカと寄り添い、昼は仕事に追われていたら、あっという間にチカとパーティに行く土曜日が来てしまった。

外はもうすっかり春の日差しだ。

ぬるい風が肌を優しく撫でてゆき、木々の枝には優しい色合いの花がふわふわと咲き始めている。チカと待ち合わせをした駅の広場には、大きな花壇があった。鮮やかな赤や黄色の花々が到来した春を歓迎しているように感じる。

「りっちゃん、ワインレッド似合うね」

チカの弟のコンサート用に買ったワンピースをまとった利都を見て、チカが目を細めた。

なんでも褒《ほ》めてくれるチカのことは話半分に聞こう、と思うものの、やはり照れくさくて落ち着かない。

利都は、お土産《みやげ》に買ってきたお気に入りのクッキーの袋を握り締める。シンプルな白いシャツに、ツイードのジャケットを羽織《はお》ったチカの姿に見とれた。

飾りのない、無駄を削《そ》ぎ落とした装いをすると、彼の生まれ持った美貌《びぼう》が際立つ。

家で二人でじゃれ合っている時には感じない気品と、抗《あらが》えないような美しさに、利都は内心溜息をついた。

——やっぱりこの人は、王子様だ……

「あ！　そのブローチ、つけてくれてるの？」

「はい。今日は暖かいから、このブローチのイメージに合うなって思って」

チカに貰った桜の枝のブローチに触れ、利都は微笑んだ。パーティに知らない人がたくさんいるのは不安だが、宝物のこのブローチをつけていれば、なんとなくチカに守られているような気分になれる。

「……うん、ありがとう。つけてもらえると嬉しい」

チカが端整な頬をわずかに染め、利都の手を取って歩き出す。

こうして手を繋いで歩くことにも、だんだん慣れてきた。人々が驚いたようにチカを振り返り、じっと見とれるのにも少し慣れた。

「友達の家はそこのマンションだよ」

瀟洒《しょうしゃ》な低層マンションを指して、チカが言った。デザイナーが意匠《いしょう》を凝らしたと思《おぼ》しき外観は、普通のサラリーマンが住むような家には到底見えない。

この駅の周辺自体が日本でも有名な高級住宅街だし、並んでいるお店も高級スーパーやお洒落《しゃれ》なカフェ、珍しい花を扱う花屋など、浮世離れしているように思える。

「あの、チカさんのお友達って……」

「中学校の同級生なんだ。俺は高校からはずっと留学してたからさ」

チカは友達だと言うが、やはり自分とは別世界の人達なのだろう。利都はそう思い、小さく諦めの溜息をついた。すると、チカが優しい声で言う。

「りっちゃん、今日はなにがあっても俺を信じて。必ずりっちゃんのそばにいるし、不安なことはないから。少しでも嫌なことがあったら、すぐに帰ろうね」

その言葉に、利都はホッとする。いづらくなったらつれ出してくれると言うし、多分、大丈夫だ。

「チカさん！」

利都は気分を変えようと、チカを呼んだ。それから、思ったことを口にする。

「今日の服も素敵ですね。チカさんって、シンプルなファッションをすると本当に格好いいです」

「え、えっと……なに、急に……びっくり。あ、ありがとう」

チカが真っ赤になり、しどろもどろになって言った。

思いもよらぬ反応に、利都まで驚いて照れてしまう。チカはなぜ、こんなに動揺したのだろう。

――もしかして、普段から『格好いい』っていう言葉が足りてなかったかな……？

ブローチをいじりながら、利都は恥ずかしさにうつむく。一方で、これからはもっとチカを褒《ほ》めよう、と決意して、チカの手をぎゅっと握り返した。

豪華なマンションのエントランスを抜け、チカがインターフォンを押した。応対に出た女性に「澤菱です」とチカが告げると、インターフォンの向こうから黄色い悲鳴が返ってくる。

『やだ、嘘！　ホントに来てくれたの！　開けるね！』

大歓迎されている。チカはやはり友達にもとても好かれているのだ。

「チカさん、大歓迎されてましたよ」

「はは、大げさだよね。今のが婚約した友達のユキちゃん。ここで一人暮らししてたんだけど、籍入れたら、そのまま旦那と住むみたい」

「こ、この家で一人暮らしですか……？　お嬢様なんですか？」

「うん。まあ裕福だし、お嬢様でもあるね」

それほど関心がないようにチカが言った。裕福なお嬢様であれば、こんな豪華な家に暮らせるのも頷《うなず》ける。

利都の父は銀行の役員をしていて、実家はそれほどお金に困っているわけではない。だが、厳しい父は、利都に度を越した贅沢《ぜいたく》などはさせてくれなかった。やはり大金持ちは考え方が違うのかもしれないと思いながら、利都はチカと一緒にエレベーターに乗り込む。

インターフォンを鳴らすと出てきたのは、サラサラの髪を綺麗に染めてくるくるに巻き、きっちりとメイクをした美しい女性だった。彼女は利都に笑顔で一礼し、チカを見上げて嬉しそうな声で言った。

「いらっしゃい！　来てくれてありがとう」

ユキちゃん、と呼ばれた女性は、いかにも育ちの良さそうな、感じのいい人だった。チカの住む家ほどではないが、彼女の家もとても広い。壁に高級そうな絵画が飾られ、玄関には無造作にブランド品のコートや靴がおかれている。

利都達を伴《ともな》って廊下を歩きながら、ユキが明るい声で言った。

「皆、寛親くんが来てくれました！」

広いリビングでめいめいにくつろいでいた人々が一斉に振り返る。

チカが慣れた様子で、皆にひらひらと手を振った。

「皆さん、お久しぶり。仕事が忙しくって全然顔出せなくてごめんね」

「澤菱さん！」

「チカくん、久しぶり！」

立ち上がった男女が、チカを取り囲む。利都は慌てて二、三歩引いてコートを脱ぎ、笑顔でその様子を見守った。

――すごい人気。そうだよね……やっぱりこういうの見ると、ちょっと遠く感じちゃうなぁ。

身体を寄せ合い、屈託なく会話している時には忘れていた距離を感じ、利都はそっと壁際の小さな椅子に腰を下ろした。

見れば、その辺におかれた来客のコートや鞄《かばん》も、ひどく高級そうなものばかりだ。

それに客のなかにはテレビでよく見る芸能人の姿まである。チカと同じ世界に住む人達が、その世界の王子様であるチカを囲む光景が、なんだかひどく遠く見えた。

「ね、来てくれてありがとう！　寛親くんのお友達よね？」

「は、はい」

ホストのユキに優しく声をかけられ、利都は緊張しながら頷《うなず》いた。友達ではない……はずなのだが、自分で名乗って良いものかわからない。

利都は緊張した笑顔で、お気に入りの店のクッキーが入った紙袋を差し出した。

「あの、つまらないものですけど、お土産です」

「あら、いい匂い。ありがとうございます。もうすぐ彼が買い出しから戻ってくるから、帰ってきたら紹介しますね。赤の発泡ワインがもう少しあったほうが良いかなって思って買いに行ってもらったの」

その時、チャイムが鳴った。

ユキがいそいそと、壁にかけられたインターフォンを手に取る。

チカが、自分にむらがる人達をかきわけるようにして、利都の傍《かたわ》らに戻ってきた。

「りっちゃん、お土産渡せた？」

「あ、は、はい！」

「俺も渡した。この前一緒に行った店で見かけた食器、ネットで頼んでおいたんだ。アレ可愛かったよね」

チカが親しげに話しかけている利都のことを、皆が不思議そうに見ている。

「そちらの方はどなたですか？」

品のいいジャケット姿の男性が、チカにそう尋ねた。

チカが含み笑いをして、利都を隠すような位置に立つ。

「まだ秘密。あとで紹介するよ」

「えぇ、どうしてですか？　お見かけしたことがない方だから、早く教えてくださいよ」

男性が食い下がったが、チカはなにも言おうとしない。

身のおきどころがなくて、利都はうつむいた。やはり場違いだったのかもしれない。少し落ち込んでしまったその時だった。

「ただいま、ユキ。皆さんもお待たせしました」

聞き慣れた声が、利都の耳に飛び込んでくる。

――え……どういうこと？

利都の二の腕が、ぞくり、と粟立《あわだ》った。

チカは利都の前に立ちはだかったまま、動こうとしない。

「頼まれた赤の発泡ワイン、たくさん買ってきたよ。余ったら俺達が飲むから良いよね」

穏やかな声でそう言いながら、荷物を抱えて広々としたリビングに入ってきたのは、舞子を選んだはずの弘樹だった。

チカの背中に半ば隠れたまま、利都は息を呑む。

なぜ、弘樹がここにいるのだろうか。

――舞子は？　赤ちゃんはどうしたの？　どういうことなの？

心臓が激しく脈打ち、頭が働かない。利都は足の震えをこらえながら、必死に呼吸を整えた。

「澤菱さん！　澤菱さんも来てくださったんですね」

弘樹が嬉しそうな声で、チカに話しかけた。

チカが、よそ行きの声で答える。

「お久しぶり、間宮くん。仕事が忙しくてなかなかこのメンツで会えなかったね。ごめんなさい。ご結婚が決まったんだね、おめでとう」

そうだ、たしかドライブの途中で、チカが言っていた——間宮くんとは知り合いだ、と。けれどあの話は、動揺した利都が泣き出してしまったことで、打ち切られてそのままになっていたのだ。

「わざわざいらしてくださっただけで光栄ですよ」

「三年越しのお付き合いだもんね。ユキちゃんと間宮くんは」

チカが、背中の利都に聞かせるように、わずかに声を張り上げて言った。

三年という言葉に、利都の呼吸は止まる。

三年前、弘樹は利都の恋人だった。外資系の金融機関に勤め、多忙で会えない日も多かったし、まだ学生だった利都は親が厳しくて、外泊など許されなかった。しかし、たしかに、自分と弘樹は恋人同士だったのに……

「長かったけど、ようやくお義父《とう》さんの信頼も得られました。な、ユキ」

穏やかながらも幸せそうな弘樹の言葉に、ユキが嬉しげな笑い声を立てた。

さらさらと裏切りを語るその声は、かつて利都に話しかけてくれたのと同じ、優しい口調。誠実で穏やかだと思っていた、弘樹の声だった。

舞子と二人で利都に背を向けたはずの彼が、なぜ別の女性と二人で幸せそうに笑っているのだろう……

目の前がくらくらして、利都は思わず、すぐそばにいるチカの背中に片手をつく。

「どうしたの」

チカが振り返り、弘樹の視線からかばうように立って、利都の顔を覗き込む。

一瞬、弘樹が驚いたような表情になるのがちらりと見えた。

「具合悪い？」

その様子に気づいたのか、ユキが飛んできて、慌てて椅子を勧めてくれた。

「大丈夫？　そこに座ったらいかが」

「す、すみません、ちょっと立ちくらみが」

利都はそう答え、顔を上げた。

チカの肩越しに、弘樹はじっと利都を見つめていた。その優しさのかけらもない目つきに、利都は悲鳴を上げそうになる。

——弘樹じゃない、あんな爬虫類《はちゅうるい》みたいな目で私を睨《にら》むのは、弘樹じゃない……！

まるでおぞましい害虫を見つけた人間のように、弘樹は利都を睨《にら》んでいた。

だが、その異様な目つきをすぐに消し、利都や傍《かたわ》らのユキに向かって明るい声をかけてくる。

「あれ？　澤菱さんのおつれさんですか」

「うん。ちょっと立ちくらみしちゃったみたいなんだ。ソファ借りるね」

利都をふかふかしたソファに座らせ、守るように肩を抱いたまま、チカがそう言った。

「そうね。顔色が悪いから休んだほうが良いわ。弘樹は皆にお酒配ってくれる？　私が彼女にお水を持ってくるから」

ユキがそう言って、利都のそばを離れる。

弘樹は頷《うなず》き、利都の視界から消えた。

利都のことなどまるで知らないかのような振る舞いだ。けれど先ほどの異様な視線は、間違いなく利都に向けられたもの。利都は小刻みに震えたまま、身体を支えてくれているチカの腕を握り締めた。

「ご、ごめんなさい、チカさん、めまいが」

「お水貰おう？　それでしばらくここで休んだほうがいい」

落ち着いた声でチカに言われ、利都は頷《うなず》いた。

——そうだ、大丈夫。チカさんがついててくれる……

ワンピースのスカート部分を握り締め続ける利都の隣に、チカは腰を下ろした。

「はい、お水」

ミネラルウォーターのボトルを手に戻ってきたユキが、利都に水を差し出してくれた。

利都は受け取ったボトルに口をつけ、それを少し飲んだ。チカが寄り添っていてくれるのもあって、だんだんと落ち着いてくる。弘樹がなぜここにいて、ユキの婚約者を名乗っているのかわからないが、今の自分に直接関係あることではない、と思うことができた。

舞子のことは気になるけれど、この場で問いつめていい内容ではない。

それに、彼らが言うことが本当ならば、弘樹は利都を長い間裏切っていたのだ。

いつもの利都だったら、その事実に怖くなって泣きながらここを飛び出していたかもしれない。

けれど今は違う。利都にとって大事なのはチカだ。正直、弘樹のことなど、もうどうでもいい。

「大丈夫です。一瞬めまいがしただけですから、ごめんなさい、ありがとう」

いつになくしっかりした口調で、利都はユキに礼を言った。ユキの笑顔を確かめ、利都は傍《かたわ》らのチカを見上げて微笑んだ。

「ごめんね、チカさん。もう大丈夫」

「そっか……じゃ、間宮くんも戻ってきたし、二人のお祝いしよ」

「はい」

利都は頷《うなず》いて、水のボトルの蓋を閉めて立ち上がった。チカも立ち上がり、ぱん、と一つ手を叩いて、大きな声で言う。

「じゃあさ、皆揃ったし、お祝いの乾杯しない？」

このいかにも華やかそうなメンバーを仕切るのはチカなのだ、と利都は気がついた。

澤菱家の長男として遇されてきた美貌《びぼう》の彼は、どんな場所にいても特別で、中心に立つ存在なのだろう。

「いいですね、じゃあ、澤菱さんお願いします」

「華やかだね、チカくんに前途をお祝いしてもらえるカップルなんて羨《うらや》ましいよ。うちの時も頼みたかった」

人々が笑いさざめきながら、グラスを手に取った。

弘樹は、ユキと幸せそうに笑顔を交わしている。そのことをどこか不気味に思いながら、利都は心を奮い立たせてニッコリ笑い、回ってきたシャンパンをチカのグラスに注ぐ。チカが笑顔で、お酒に弱い利都のグラスに、ほんのちょっとだけシャンパンを入れてくれた。

「じゃあ、失礼して俺が。弘樹くんにユキちゃん、結婚おめでとうございます、乾杯！」

チカがグラスを掲げ、良く通る声でそう言った。

真っ直ぐな立ち姿も、グラスを掲げる角度も、なにもかもが絵に描いたように完璧で、洗練されつくした仕草だ。普段から注目をあびることに慣れているのだろう。落ち着いたチカの姿を見つめ、利都は心を鎮《しず》めようとする。

「おめでとうございます」

利都も精一杯声を上げて、そう祝福した。

弘樹がなにを考えているのかわからないけれど、この場で騒いだり、問い詰めたりするつもりは全くない。

むしろ、不気味なので、知りたくないとすら思った。

「ユキちゃん、おめでとう！　間宮くんとはどこで知り合ったのか皆に教えてあげなよ」

利都の肩を抱いたまま、チカがユキに話を振った。

「嫌だ、皆知ってるじゃない。友達の紹介で会ったの……同じ会社の同僚なんだって教えてもらって。あんな会社でバリバリやってるなんてすごいなと思って、話しているうちに尊敬するようになっちゃって……もう！　恥ずかしいからこの話はいい？」

ユキの幸福そうな言葉を、利都は不思議な気持ちで聞いていた。

友達の紹介で、段々と仲が良くなって。その出会い方は、全く利都の時と同じだった……

「そんなことより、皆チカさんが連れてるそちらの美人さんに興味津々なのよ？　チカさんって、絶対に彼女を紹介してくれなかったじゃない」

「いなかったからね、非モテは辛《つら》いよねぇ」

「嘘だ、冗談ばっかり……！　ねえ、その方どなたなの？　私達に紹介して？」

チカが自信に満ちあふれた笑顔で、利都の肩をぐいと抱き寄せた。

人前で密着する形になってしまい、利都は驚いて身体をこわばらせる。

「恋人だよ。恋人以外のなにがあるの？」

おお、と一部からどよめきが上がる。利都はますます身体を硬くして、恐る恐るチカの顔を見上げた。

こんな華やかな友達に、地味な自分のことを紹介して良いのだろうか。

「普段は絶対、人目には触れさせませんけどね！　今日はどうしても自慢したくてつれてきちゃった」

「美人だわ。良いなぁ、チカくんのところもユキのところに負けず劣らずの、美男美女だ」

人の良さそうな男性が、カウンターにもたれかかってそんな相槌《あいづち》を打ってくれる。

恥ずかしくてたまらず、利都はうつむいた。

「美人だよ。当たり前でしょ。俺の彼女だもん。名前は教えたくないけど教えてあげる。今井利都さん。りっちゃんって呼んで良いのは俺だけだから、皆は今井さんと呼ぶように。はい、以上」

チカの言葉に、周囲の人達がどっと笑い崩れた。

「りっちゃん、皆、俺の幼なじみとか、そいつらが連れてきた友達とかだから安心してね。知らない人ばっかりで話しづらいかもだけど、優しい奴らだからさ」

チカが楽しげな笑顔で、利都に言う。

たしかに、いかにもご令嬢然としたユキも、名乗ってもいない初対面の利都にとても親切だった。

「そ、そうですね、ちょっとびっくりしちゃいました、皆さんに紹介されて」

「だってねえ、俺はりっちゃんのことを、人に見せたくないからねえ……でも家に閉じ込めておくと、りっちゃんが妙な誤解して暗くなりそうだし。だから悩んだ末にこうしたわけよ」

冗談めかして腕を組み、不意にチカが利都の火照《ほて》った耳に唇を寄せた。

「……悪い子の間宮くんの話も教えておきたかったしね。あのね、覚えといて。りっちゃんはなにも悪くないし、これからはずっと俺のものだよ」


そのあと、華やかなパーティでなにを話したのかよくわからないまま、日が落ちる前に利都とチカは、ユキのマンションをあとにした。

弘樹は一度も、利都に話しかけようとせず、目も合わせなかった。

ただチカには笑顔を振りまき、やたらと親しさを強調していたように利都には見えた。

「りっちゃん、どうしたの」

「あ、いいえ、なんでもないです」

舞子のことが気になる。弘樹は舞子にも嘘をつき、彼女を捨てたのだろうか……

利都が気にすることではない。それはわかっているのだが。

「あ、服を見て帰ろう」

「服ですか？」

「うん、俺の家においておくりっちゃんの服！」

「買わなくていいです、家から持ってきた服を洗って着ますから」

その言葉に、チカが唇をとがらせる。

「だって、服がないって口実で、俺の家に来てくれなかったら嫌なんだもん。さ、行こ。俺の給料なんかコンビニの弁当代くらいしか使い道ないからいいんだよ」

「でも……」

「しばらく、りっちゃんを俺の着せ替え人形にしちゃおうキャンペーンです」

つれ込まれた高級そうなセレクトショップで、喜々として服を選ぶチカをぼんやり見つめながら、利都は舞子のことを考えていた。

あんなことになってから、なるべく舞子のことを思い出さないようにしていた。

けれど、今は舞子のことが気になってしかたがない。

思い出すと裏切りの日の少し前から、舞子は『風邪を引いた』と言って元気がなかった。時々、視線を彷徨《さまよ》わせ、利都の話にも生返事をしていたのだ。

あの態度は、利都を裏切っている、という自責の念の表れだったのだろうとずっと思っていた。

けれど、今思えば違和感がある。あんなに堂々と利都を切り捨てた舞子は、その直前にどうしてうつろな目をしていたのだろう。内心利都をせせら笑っていたのならば、もっと強気に振る舞っていても良いはずだ。

「りっちゃん、一杯買っちゃった」

チカが巨大なショップの袋を両手に、ご機嫌そのものの笑顔で言った。

「タクシーで帰ろう。帰ったら少し仕事するから、そのあといつものレストラン行こうか」

「あ、夕飯は作ります。この前買った野菜でカレー作ろうかと思ってるの」

チカの好きなレストランはちょっと値段が高く、利都のお給料で普段遣いできるような店ではない。いくら恋人が裕福でも、身の丈に合わない贅沢《ぜいたく》はしたくないと思い、利都は首を振った。

「カレー作ってくれるの？」

チカが子供のような笑みを浮かべ、利都の顔を覗き込む。利都は、思わず噴き出して頷《うなず》いた。

「そんな期待しないでください。ただのポークカレーですよ」

「やった！　早く帰ろう」

チカが袋をぶら下げたまま、勢いよく手を上げてタクシーを止める。

その傍《かたわ》らに立ち、利都は再びぼんやりと考え出した。

——舞子、今どうしてるんだろう……。弘樹は舞子と赤ちゃんを捨ててしまったのかな……

チカの家に戻り、利都が台所で野菜を切っている間、チカは電話をしていた。

――何度聞いてもすごい英語……早口すぎてなに言ってるのか全然わからない。ネイティブスピーカーみたい。

利都は流暢《りゅうちょう》な英語で談笑しているチカを横目で見つめた。

日本語で話している時のように、自由自在にやり取りをしているように思える。

容貌《ようぼう》にも家柄にも、能力にも恵まれているチカ。

なぜそんなチカが自分を好きだというのか未だによくわからない。

でも、チカと一緒にいる時は、間違いなく楽しいし、二人でいることが幸せだと実感できる。

なんだか、それが不思議だった。

肉に焦げ目をつけ、野菜を炒めている利都のところに、電話を終えたチカがいそいそとやってきた。

「仕事終わったよー。イタリアは朝だからもう相手が起きてた！　わ、いい匂い」

「あと一時間くらいでできます」

「なにか手伝おうか？」

「あとは煮るだけなので大丈夫です！」

そう答えても、チカは利都から離れようとしなかった。

「あの、座っててていいですよ？」

「ここで見てる」

チカはカウンターに手をついて、嬉しそうに利都と鍋を見比べている。

その笑顔は優しくて、なんの混じりけもなく幸せそうだった。

「カレー、そんなに好きなんですか？」

苦笑して利都が尋ねると、チカは天井を仰いで、真面目な口調で答えた。

「いや、カレーというより、りっちゃんが好き」

予想外の返答に、利都は絶句した。顔に熱が集まるのをごまかそうとそっぽを向き、利都は精一杯平然と言った。

「な、なに言ってるんですか、もう……」

「さては、照れてるな。実は言った俺も照れてる」

チカの手が伸びて、鍋の中身を炒めている利都の顎《あご》を上向かせた。

身をかがめたチカの唇が、利都の唇をやわらかく塞《ふさ》ぐ。

その時、ダイニングテーブルにおいていた利都の携帯が鳴った。

硬直している利都から身体を離し、チカが利都の手から木べらを取り上げた。

「俺が炒めておくから電話に出ておいでよ」

父親だったら面倒くさいな、と思いながらディスプレイに目をやった利都は、表示された番号を見て言葉を失った。

——この番号……弘樹……？

電話を取らずに立ちすくむ利都の様子に気づいたのか、火を止めたチカがやってくる。

「どうしたの、りっちゃん、誰？」

「あ、あの……ひろ……じゃなくって、間宮さんが」

チカが、けろっとした表情で言った。利都は一瞬言葉を失い、チカの端整な顔を見上げた。

「出たら？」

「出なよ、大丈夫だから」

なにが大丈夫なのだろう。ためらう利都の肩に、チカが甘えるように抱きつく。

「切れちゃうよ、電話」

利都は頷《うなず》き、通話ボタンを押した。

チカが手を伸ばし、『スピーカー』と書かれたボタンを押す。

今チカはなにをしたんだろう、と利都が首をひねった瞬間、電話機から大きな声が聞こえた。

『利都？』

弘樹の声だ。それが、チカにも聞こえるくらいの大きな音で電話から流れてくる。チカが、ハンズフリーの設定に切り替えたのだ、とすぐにわかった。

『聞こえる？』

弘樹の声に、利都はわずかに身体を震わせた。なぜ平然と電話をかけてくるのだろう。

答えずに手のなかの電話を見つめている利都の耳元で、チカが囁《ささや》いた。

「俺のことは『いない』って言って。りっちゃんは一人だって」

どういう意味だろうと思ったが、そう告げたチカの声は自信に満ちている。利都は素直に頷《うなず》いて、弘樹からの電話に応えた。

「はい、もしもし」

『なんだ、ちゃんと聞こえてるんだ。あのさ、今そこに澤菱さんいる？』

利都に抱きついたチカが、身体に回した腕に力を込めた。

「い、いないけど。もう家だから」

チカに言われた通りのセリフを、利都は口にした。

『ならいいや。あのさ……』

その答えを聞いて、急に弘樹の声が低くなった。

『なんでお前、あの人に取り入ってんの？　なんで気に入られてんの？』

絶句したままの利都が言葉を返す暇もなく、弘樹が苛立ったようにまくし立てる。

『あのさぁ……あそこはお前なんかの出入りする世界じゃないんだから、ちょろちょろするなよ。言いたくないけど、かなり目障《めざわ》り』

弘樹とも思えない冷たい言葉に愕然《がくぜん》とする。かつては優しかった……はずの人が、自分に向けてくる言葉とは思えなかった。

『おまえさ、多分あの人に遊ばれてるよ。澤菱さんがどれだけモテると思ってんの？　まさかまともに相手されてるなんて考えてないよな？　変な勘違いはしないほうが身のためだぜ。……とにかくさ、俺、今、正念場《しょうねんば》なんだよ。もう目の前に現れないでくれ』

投げつけられる言葉は、ひどいものばかりだった。利都は唇をぎゅっと噛《か》んで言い返す言葉を探した。

その時、チカの長い指が、利都の唇をそっと塞《ふさ》いだ。

驚いて振り返ろうとした利都を腕に抱き締めたまま、チカが身を乗り出して明るい声で言った。

「あ、もしもし、間宮くん？　澤菱です。今日はごちそうさま！」

電話の向こうで、弘樹が言葉を失う。

「今日の発泡ワイン、良かったよ。あれ、手頃で美味《おい》しいよね。俺も家に常備しようかな」

『あ、あの、あれ……？』

弘樹が一瞬、しどろもどろになる。だが、すぐに口調を改め、別人のように……いや、利都と付き合っていた頃のように、穏やかで優しい声で言った。

『こ、こんばんは、澤菱さん、今日はありがとうございました。まさかいらしてくださるなんて』

「婚約パーティだったら絶対行くでしょ。お祝いだもん。おめでとう」

腕のなかで凍りつく利都の足のつけ根を、チカの指先がつっとなぞる。場違いな愛撫に、利都は思わず声を上げそうになった。チカは楽しげに身を震わせ、言葉を続けた。

「ところでりっちゃんになにか用？　きみ達二人、知り合いだった？」

『あ、いえ……』

一瞬の間のあと、弘樹の声が妙に力を帯《お》びる。一方、チカの指は、利都の乳房を服の上からそっとつかんだ。かすかに身をよじった利都の耳たぶを噛《か》み、首筋に顔をすり寄せる。

――チ、チカさん、なにしてるの……今そんなことしてる場合じゃ……

とまどう利都の乳房を手に載せて弾ませながら、チカがもう片方の手を利都の太腿《ふともも》の間に這《は》わせる。

利都は首を振り、ダメ、と唇だけで告げた。妙な声を出してしまったらどうしよう。しかし、困惑と裏腹に、利都の吐息はほんのりと熱を帯《お》び始める。

『澤菱さんが今日連れていらした今井さんは、俺の大学の後輩なんです。今日は彼女に、澤菱さんに近づくなって釘刺そうと思って電話したんですよ』

「釘？　やだな、なんか物騒」

チカの指先が、きゅっと利都の足の間に食い込む。利都は慌てて足を閉じ、身体に回された彼の腕に縋《すが》りついた。

止《や》めて、と口を動かして見せても、チカの指は怪しげな動きを止めない。だんだん、利都の膝《ひざ》が震え始める。

『今井さん、すごく清楚《せいそ》に見えますし、綺麗な子ですけど、中身がとんでもないんです。いわゆるビッチって言うか……ホント最悪で。大学時代から悪い噂が絶えなくって……澤菱さんにも迷惑かけているみたいなんで、ちょっと……あの、きつく言っておこうと思って』

「そっか、ビッチかぁ」

弘樹の言葉に利都の身体は凍りついた。

けれどチカはかすかに立ち上がった利都の乳嘴《にゅうしじ》を焦らすようにいじり、楽しそうに弘樹に応じる。

強い刺激にたえられずに声を漏らしかけた利都は、チカが優しく口にした言葉に再び呆然とした。

「……会社の名刺で派手な場所に出入りして、有力者のお嬢さんを物色して、手当たり次第に口説きまくってた間宮くんが言うなら本当かな」

『え？』

電話の向こうで、弘樹が間抜けな声を漏らす。

チカが、優しい声で続けた。

「あのね、間宮くん。俺の友達関係を食い荒らすのは君の勝手だけど、俺、ユキちゃんには話しちゃうかもよ？　りっちゃんをキープしつつ、並行していろんなお嬢様を口説きまくって、最後にユキちゃんにちゃっかり乗り換えた間宮くんのこと」

弘樹が、電話の向こうで黙り込む。

「あれ？　あはは っ、ごめん。俺が知らないと思ってた？　あんまり俺のこと舐めないでくれないかな。自分の周りの人間関係を把握できないほど、無能じゃないよ。それに俺、りっちゃんの悪口言う奴大っ嫌いだから、覚えといて。まあ、もう君と話すこともないと思うけど」

『あ、あの、いや、待ってください、澤菱さん、今井さんは本当に素行が』

早口でまくし立てる弘樹を、チカが今まで聞いたこともないほど冷たい声で遮《さえぎ》った。

「言い訳はユキちゃんにしたら？　じゃあね、ばいばい。……俺とりっちゃんの前に現れたら、俺、今度こそ本気で怒るから」

利都の乳房を弄《もてあそ》んでいた手を伸ばして、チカが通話をオフにした。

それから利都の首筋に猫のように額をこすりつけ、甘えた声で言った。

「可愛いお姫様、薄汚い虫は追っ払いましたから、俺にご褒美をください」

利都の身体を、チカの指がやわらかな手つきで撫でる。

「や、ちょっと待っ……あ、あの、ユキさんは大丈夫なんですか？　弘樹がなにか、あ……っ」

チカの執拗《しつよう》な指先から逃れようと身体をひねりながら利都は尋ねた。

こんな悪ふざけをしてる場合ではないのに。弘樹が不誠実な人間だというならば、彼の婚約者だというユキは……あのお嬢様は大丈夫なのだろうか。

「大丈夫だよ、ユキちゃんなら」

チカがあっさり言って、利都の身体をひょいと抱え上げた。

なにが大丈夫なのだろうと思いながら、利都はなんとか、チカの唇を指先で押しとどめる。

「だ、大丈夫じゃないですよ……だって弘樹が、あ、あんなひどいことする人なら、ユキさんが……っ」

それに舞子もだ。弘樹が一体どれだけの人間に嘘をついて、傷つけているかわからない。

「俺が大丈夫だって言ったら大丈夫なの。だってさぁ、あのマンション、ユキちゃんが自腹で買ったんだぜ」

腕に抱いた利都の額にキスの雨を降らせながら、チカがなんでもないことのように言った。

自腹で買った、の意味がわからず、利都は瞬《まばた》きをする。彼女は大金持ちのお嬢様だというし、あの部屋も父親に与えられたのではないのだろうか？

「ユキちゃん、アメリカの超有名大学でＭＢＡ取って、投資顧問会社で働きながらあの年でシニアマネージャーやってるんだもん。マジで女傑《じょけつ》だよ、あの子。間宮くんは人格はアレかもしれないけど、金稼ぐ能力には見どころがあったから『採用』したんじゃないのかなぁ」

「え、え……どういうこと？」

「ユキちゃんの心配は要らないってことだよ。間宮くんはどうしようもなくコスい小物だけど、まあ、始末はユキちゃんに任せておきなって。徹底的に躾《しつ》けられて、十年後には人並みの男になってるかもよ。成長しなかったら、あのままユキちゃんにぶっ潰されて人生おしまいだろうけどね」

想像もしなかったチカの答えに、一瞬、利都は絶句した。

「そ、それって、ユキさんは、弘樹のことわかってて……許してるんですか！」

華奢《きゃしゃ》で綺麗で、笑顔の上品なユキの姿を思い出し、利都は叫んだ。

——苦労知らずのお嬢様にしか見えないのに……

「俺さ、りっちゃんがレストランを泣きながら飛び出していったあと、間宮くんが隣の女の子に平手打ちされるの見たんだよね」

チカが利都を抱えて歩きながら言った。

隣の女の子。それは……舞子のことだろう。平手打ちとはどういうことだろうか？

「でさ、あれはもしかしてユキちゃんの旦那候補じゃないかな、と思って、めちゃくちゃ忙しい彼女にメールしたわけよ。だってどう見ても間宮くんが修羅場の主役じゃん。いやいや、アレはないでしょ、と思って」

寝室に入り、大きなベッドの上に利都の身体をそっと横たえ、その上に覆《おお》いかぶさりながらチカが言う。

「そしたらユキちゃんから『弘樹の悪さなんて、たかが知れてるから大丈夫。迷惑かけるようなら言ってね！』って返事が来たの」

利都は、チカの言葉に驚愕《きょうがく》した。普通なら、浮気は許せない、と思うだろうに。

少なくとも利都はそうだった。どういうことだろう。ユキは一体、なにを考えているのか？

「ユキちゃんは投資顧問業で、近々独立するみたいだから。独立後に『旦那様』の間宮くんを、タダでこき使う気満々なんだと思う」

チカがそう言いながら、利都の着ているカーディンガンをするりと脱がせた。

「そんなの、変です。弘樹は人を裏切るような人なのに」

「ユキちゃんはこれから立ち上げる会社のほうが、自分の結婚より大事なんだと思うよ。精神的にキツい仕事を一杯、間宮くんにさせるつもりなんだろうなぁ……でも彼の場合は自業自得だよねー。自分で最後に選んだ女性だもんね！　はい、りっちゃん、バンザイして」

「私は、その話には納得できないです！」

「俺だってできないけどさぁ……ユキちゃんに任せりゃいいじゃん。間宮くんが今後、ろくな人生送らないのは確定してるよ。なんでそんなに間宮くんのことにこだわるの？」

利都のカットソーを子犬のようにグイグイ引っぱりながら、チカが顔をしかめた。

「だってそんな話変だもん！　弘樹は間違ったことをしているのに、誰も責めないなんて」

「いいじゃん。もうりっちゃんには関係のない人じゃん……」

チカの声がかすかに陰《かげ》った。

しかし、それを気遣う余裕が今の利都にはない。たとえ関係は薄くとも、何年も恋人だと思ってきた相手があんな人間だったなんて。それに舞子のことも気になる。じゃれつこうとするチカの手を払いのけ、利都はベッドから起き上がった。

「でも、私あの人がそんな人だと思ってなかったし、やっぱりショックなんです。だから……」

「だからどうするの？」

「え、だから、あの、ちょっと一人にしてほしくて。考え事したいから」

そう、考えたいのだ。

自分に男を見る目がなかったこと。彼に『利都の意向を尊重する』と言われて、まともに恋人として求められていなかったかもしれないこと。裏切られているのも知らず、ニコニコと将来を夢見ていたこと。そんな自分のばかさ加減を反省したい。

なにもかもが情けなくて、心がズキズキと痛んだ。

涙が止まらず、利都は顔を覆《おお》った。

「一人でなにするのさ？」

「だから、色々考えたいんです、弘樹とのことを。私のことは放っておいてください、ちょっとだけでいいので」

チカが、利都の言葉に答えずに立ち上がり、寝室に面した大きな窓を開けた。ほんのりと冷えた春の夜気が窓から流れ込んでくる。

淡い光を背に、チカが利都を振り返った。その顔は、いつものように優しい笑みを浮かべてはいなかった。

「りっちゃん……なんで俺といるのに、別の人のこと考えて泣いてるの？」

冷ややかな声に、利都は驚いて顔を上げた。

「アイツのことはもういいじゃん。もう終わったんだよ。反省して取り返せるものがなにかあるの？　ないよね？」

「チ、チカさん」

「間宮くんがそんなに好きだったの？　そんなにショックだった？　りっちゃんがそこまで後ろ向きになっちゃうなら、間宮くんの本当の姿なんか教えなきゃ良かった。俺はあんな奴のことなんか、すっぱり忘れてほしかったのに」

「ち、ちが……」

利都の顔を指先で上向かせ、チカが不機嫌な顔で言った。

「違うの？」

「違います、弘樹のことなんかなんとも思ってないです、誤解です……ただ、私、自分のばかさ加減が、嫌で……」

「間宮くんのこと考えて泣いてたんじゃないの？　違うなら証拠を見せてよ」

「しょう……こ……」

証拠などない。利都は必死で考えたが、なにも見せるものを思いつけなかった。言葉だけで言い訳してもチカが許してくれないだろうことはわかるが、なにをどうすれば良いのかまるでわからない。

「しょうこ、なんか、ないです……」

「キスして」

「え？」

「りっちゃんからしてくれたことないじゃん。今日はりっちゃんから俺にキスして」

利都は目を見開き、チカのガラス玉のような澄みきった瞳を見つめ返した。おそらく冗談でもなんでもないのだろう、彼の目は真剣で、じっと試すように利都を見つめていた。

「キスしてよ」

「あ……っ」

こんな時なのに、利都は震えながら頬を火照《ほて》らせてうつむいた。

思えば、いつも甘やかされ、大切に抱き締められ、一方的に求められるだけだった。

チカのことが大好きだという言葉も、恥ずかしくて数えるほどしか口に出したことがない。

そんないつもだんまりの女に、一方的に愛情を注ぎ続けるだけでいたら、チカも疲れるし、嫌になるに決まっている……

こうして冷たい顔をされて、ようやく利都はそのことに気づいた。

そんな態度を取り続けたうえに、昔の恋人のことで動揺し、あろうことか本当のことを教えてくれたチカを遠ざけようとして……きっと傷つけたはずだ。

「あ、あの、じゃあ、目をつぶってくだ、さ」

「嫌だ」

その返事に、利都は小さく唇を噛《か》みしめたまま、自分だけぎゅっと目をつぶる。そのままチカの両頬に冷えた指を添え、顔を傾けてゆっくりと唇を重ねた。

初めてキスした時と同じくらい、心臓がドキドキと高鳴る。

熱を持った顔をそっと離し、利都は上目遣いでチカの顔を見上げた。

「あ、の……」

薄暗い部屋のなかで、チカは淡く微笑んでいた。ぞっとするほど美しい、比類なく整った彼の顔に浮かぶ笑みに、利都は息を呑んだ。

「ねえ、りっちゃん、本当にアイツのことは忘れて……別の男がりっちゃんの心のなかにいるなんて、俺、我慢できない。どんな理由でも嫌だ」

チカがそう言って、利都の身体をベッドの上に乱暴に組み敷く。

窓からの風が、チカの絹のような髪をさらりと揺らした。

チカの手が、利都のスカートのなかに忍び込んだ。その指がショーツにかかり、遠慮なく足首まで引きずり下ろす。

もう片方の手が、利都のカットソーをまくり上げた。

ブラジャーを露《あら》わにし、それもまた無理やり胸の上に引きずり上げて、利都の乳房をむき出しにする。

「窓開けてるから、寒いよね、今日は服着たまましよう?」

「え、い、嫌、閉めて、お願い、閉め」

「声出したら、外に聞こえちゃうから気をつけて」

チカは利都の懇願《こんがん》を無視して、どこか楽しげにそう言った。その指が、空気に晒《さら》され乳嘴《にゅうし》に触れる。ひんやりした感触に、利都は身をすくめた。

「……っ、あ……」

「あ、硬くなった。可愛い」

チカが、立ち上がった薔薇色の突起を、からかうように弄《もてあそ》ぶ。

その度に利都の身体は素直に反応し、肌がぞくりと粟立《あわだ》った。

「っ、ふ……」

鋭敏に反応する乳嘴《にゅうし》に歯を立てられ、利都は思わずぎゅっと目をつぶる。

チカは胸の膨《ふく》らみを揺すりながら、もう片方の手を再び利都のスカートのなかに滑り込ませた。

指先が茂みをゆっくりかき分け、熱を帯《お》びた蜜口の縁《ふち》をこする。

利都は慌てて足を閉じようとした。

けれど、チカの身体に阻まれて、閉じることができない。

「あ、すごく熱いね、なか」

「ダ、ダメ」

チカの指がぬかるんだ場所にわずかに沈む。

その刺激だけで、利都は思わず腰を浮かした。

くちゅ、という小さな音が耳に届く。

「ぐちょぐちょだよ？　すごいね。触るだけで気持ちいいの？」

「あ、あたりまえ、だから、窓……っ」

「そっか」

チカが満足そうに笑い、もう一度乳嘴《にゅうし》に歯を立てた。利都は、抑えきれずに小さく声を上げる。

段々と沈んでくるチカの冷たい指に、利都の内襞がねっとりとからみついた。

「あ、あ……」

利都は思わず腰を動かし、チカのシャツの肩を握り締める。

チカが、妙に嬉しそうな顔で呟《つぶや》いた。

「ダメだよ、そんなエロい声、外に聞かせちゃ。俺以外にはダメ」

「だ、って、あ、ダメ、エ……っ」

不意に、利都の秘所を弄《もてあそ》んでいた指が、膣内を大きくかき回した。

鮮やかでみだらな水音に、利都は言葉にならない声を上げてチカの首筋にしがみつく。

「ああ……いや、指、嫌」

「ね、りっちゃん、なかがすごい締まる。気持ちいいの？」

チカが、親指で小さな肉芽を優しくなぶりながら、中指と人差し指を突き入れ音を立ててなかをかき混ぜる。

そのたびに腰を浮かして息を荒らげ、許して、と懇願《こんがん》する利都に満足したのか、チカはやっと、ずるりと指を抜いた。

「指でされるの好き？」

真顔で問いかけられ、利都は潤《うる》んだ視界で、チカの目を見つめた。

「そっか、好きなんだ。じゃあこれからは、ずっと指でしてあげる！　だってりっちゃん、一切！　俺のこと欲しがってくれないもんね」

「え、な、なんで……？　そんなことないのに……」

妙に意地の悪い口調で言われ、利都は驚いて問い返した。

やはりチカは怒っているのだ。利都は今まで、ずっと彼に対して受け身だったことを後悔した。

「今日のりっちゃん冷たいんだもん。俺にあっち行けとか言うし」

「や、やあ、っ……ん、ふぅ、っ」

巧《たく》みに乳房をつねりあげられ、利都は甘い声を漏らしかけて、手の甲で唇を塞《ふさ》ぐ。

こんなあられもない声が外に聞こえてしまったら、もう恥ずかしくてチカのマンションには来られない。

「じゃあ指だけでしますからねー。はい足開いて、お姫様」

明らかに拗《す》ねた声でチカが言った。再び足の間に触れようとする手首を、利都は慌てて起き上がり、押しとどめる。

「や、やだ」

「なんで？　めちゃくちゃ可愛い声出してたくせに」

「ふ、普通に、挿《い》れてください」

利都は肩に力を入れ、勇気を出してそう言った。

言ったあと、思いきり顔が熱くなる。

——い、嫌だ、なに言ってるの私……もう少し色っぽい誘い方があるでしょ！

案の定チカは目を丸くして利都を見ている。

「あ、あの、違……えっと、あ、あの……普通にして……？」

しどろもどろになった利都の身体が、再びベッドの上にひっくり返った。利都にのしかかり、身体を組み敷いて、チカが耳元で囁《ささや》く。

「なんで？」

「だ、だって、指だけなんて嫌……普通にしたい、から……」

そう呟《つぶや》いた拍子に、チカが利都の首筋をぺろりと舐め上げた。

「やぁ、っ！」

「りっちゃん、今日は普通にしたいの？」

「し、したいですよ……」

「なんで？　どうして？　どういう理由？」

「そ、それは」

利都は下唇をぎゅうっと噛《か》み、もう一度なけなしの勇気を振りしぼり、答えを口にした。

「し、してほしいから……です……チカさんとするの、好きだから、ああ、っ！」

答えの途中で、利都の乳房の下半分の丸みに、チカが噛《か》みついた。甘い痛みに思わずのけぞり、利都はチカの頭を反射的に抱き寄せる。

「いいよ、しよ」

チカが利都の乳房から顔を離し、わずかにかすれた声で言った。

「声出したかったら、俺の肩を噛《か》んでいいよ」

低い声でチカが言い、引き出しから避妊具を取り出して、その封を切った。

「……あのさ、俺さ、毎回、りっちゃんが好きで好きで大好きだと思いながらセックスしてるの。りっちゃんも俺に対して同じテンションでいてくれるといいな、と思ってるわけ。でもなんかさぁ……りっちゃん間宮くんのこと優先で、俺に冷たいしさぁ。忘れてほしいんだよね。俺といる時にほかの男のことなんて考えないでほしい」

利都の腰をぐい、と引き寄せた手が、そのまま利都のやわらかな腿《もも》にかかり、左右に開く。

羞恥《しゅうち》のあまり、利都は必死に足を閉じて抵抗した。

けれど、逃げようとするたびに引きずり戻され、ついには内股にキスまでされてしまう。

「あ、ああ……っ、チカさん」

「キスマークつけちゃえ」

チカが唇を押しつけ、利都の白い肌に鮮やかな赤い痕《あと》を浮かび上がらせてゆく。

触れられるたびに走るかすかな痛みと、恋しい人の触れた証《あかし》が残されるという興奮に利都は身をよじった。

「な、何ヶ所つけるの……おねがい、膝《ひざ》から下は恥ずかしいから嫌……！」

「大丈夫だよ、見えないところだけにするから」

チカが、利都の肌をついばみながら言った。

けれど、下着もつけていない足の間に顔を突っ込まれて、ひたすら太腿《ふともも》にキスされているという状況が恥ずかしいのは変わらない。

「も、もう、やめ……」

ようやく満足して顔を上げたチカが、機嫌のいい笑顔で利都の花芯に指先で触れた。クチュクチュと響く蜜音に強い恥じらいを覚え、利都は膝頭《ひざがしら》を精一杯閉じ合わせた。

「あは、めちゃくちゃ濡れてるね」

「あ、あ……見ないで」

「ね、挿《い》れていい？　なんかもう、我慢できない」

スカートをまくり上げ、チカが利都の腰をぐいと持ち上げた。

利都はシーツを握り締め、ぎゅっと目をつぶる。

「足、もっと開いて」

「……っ、は、い……」

「ありがと。そうだよ、今りっちゃんのそばにいるのは俺だよ」

チカは避妊具を手早くつけると、利都にそっとのしかかった。

蜜口にあてがわれた切先が、嬲《なぶ》るようにぬるぬると行き来する。ただそれだけの刺激で、利都の足は切なくわなないた。

「……あ、ああ……や、あ……」

「ね、りっちゃん、挿《い》れる場所教えて」

濡れた花唇から少しだけずれた場所に先端を押しつけながら、チカがわざとらしく言う。

手を添えて導け、と言っているのだ。利都はチカの肩に額を押しつけ、火照《ほて》る頬を隠して、彼の雄を軽く握った。

「っ、う……ここ」

腰の角度を変え、自らの手で芯《しん》にあてがい、硬く熱くなったものをゆっくりと呑み込む。

身体のなかから、なまなましい音が響く。恋しい男を一杯に呑み込み、ひどく満ち足りて聞こえるその音は、欲望そのもののように利都には聞こえた。

着衣したままみだらに足を開き、自分から男の身体を招き入れている。その興奮が、利都の身体をどうしようもなく疼《うず》かせた。

チカの首筋に顔を埋めたまま、利都はその耳に囁《ささや》きかける。

「あ……気持ち、いい……」

くわえ込んだものをうっとりと締めつけながら、利都は言った。

――チカさんと繋がるの、すごく幸せ。

利都が大きく息をついた時、腕を回していたチカの背中が不意に動いた。利都の内壁を、昂《たか》ぶったものでゆっくりとこすり上げる。

声をこらえようと、利都はチカの肩に再び顔を押しつけた。

「……っ、ふ……っ、あ、あ……」

「そんな可愛い声出されたら暴発するって……ダメだよ」

ゆるゆると焦《じ》らすように利都の身体を突き上げながら、チカが情欲にかすれた声で言う。

そしてチカは身体を離し、顔を火照《ほて》らせた利都をなんとも言えないとろけるような顔で見つめて、唇をほころばせた。

「気持ちいいんだね、良かった。俺も」

優しい言葉と裏腹に、利都の最奥がぐい、と突き上げられた。

「っ、あー……っ」

「あーあ、声出しちゃダメだって言ったのに」

からかうような言葉と共に、いくども内壁をなぶりこすられ、高みへと押し上げられる。

利都は粘りつくような音と、湧き上がる快感の両方から逃れようと、必死にのけぞって首を振った。

「聞こえちゃうのに、いいの？」

「や、やだぁ、ダメぇ、そんなの、嫌……」

緩《ゆる》やかだった抽送《ちゅうそう》は次第に激しさを増し、それに応えるように、利都の秘肉も小さな律動を繰り返しながら、チカの雄を締め上げてゆく。興奮で浮き出した彼自身の形を舐め上げるように、粘膜がグチュグチュという音を立ててからみついた。

「いやぁ、こんな、激しいの……っ」

貫《つらぬ》かれるたび、利都の身体は鋭敏になっていく。

チカの指が弄《もてあそ》ぶように利都の胸の先端を弾くと、こじ開けられようとする隘路《あいろ》が、自分の意思とは無関係に引きしぼられ、疼痛《とうつう》にも似た快感を呼び起こしてしまう。

「あ、あ、あ……っ、やぁ、無理……窓、閉めて……」

「今は止《や》められません」

チカにあっさりと断られ、利都は精一杯怖い顔でチカを睨《にら》んだ。

こんなに気持ち良くされて、黙っているなんて無理なのに。

「そんな顔しても、抜けません」

利都の片足をひょいと肩の上に抱え上げ、チカがそう言った。

身体の角度が変わり、さらに深い場所まで、屹立《きつりつ》したものが押し込まれる。

「や、あ、ああーっ！」

身体の一番奥を、雄茎の先端がいくどもいくども刺激する。

まるで、触れられない深い場所にまでキスをされているようだと思いながら、利都は声を立てぬように手の甲を噛《か》んだ。

「ん、う、うぅ……っ……」

「りっちゃんのなか、どろどろ……すごい……」

利都の身体を突き上げながら、チカが言った。彼の額から一滴の汗が流れ落ちる。

こすれ合う肉音が大きくなり、さらなる淫猥《いんわい》さを伴《ともな》って部屋のなかに響き渡った。

つがいあった場所から濁《にご》った雫《しずく》をしたたらせ、利都はたまらずに自分から腰を動かす。

先ほどから、内壁の肉が痙攣《けいれん》している。自分の意志では制御できなかった。

これ以上気持ち良くなったら、どうにかなってしまうかもしれない。

「ねえ、俺のことだけ考えて」

チカが不意に、低い声で言った。

「これから一生、抱かれるのは俺にだけね。りっちゃんは俺だけの人になってよ。俺のこと全部あげるから、りっちゃんも、全部ちょうだい……」

花芯をひくひくと震わせながら、利都はチカの美しい瞳を見つめ返した。

そんなのは、出会った時からそうだ。

チカへの気持ちが変わったことなどない。

彼は、一緒にいると明るい気分になれる、誰よりも愛しい利都の王子様。

「そんなの……最初から……そうだもん……」

利都の目から、一筋の涙が流れ落ちた。

「ずっとチカさんが好きだもん……生まれて初めてこんなに、男の人を好きになったんだもん」

二人の間に沈黙が満ちた。

それは、体温を共有するような、優しい沈黙だった。

「……うん」

チカが優しい笑顔で言う。けれどそれは、どこか泣きそうな笑みだった。

「俺も大好き」

長い指で利都の濡れた頬を拭《ぬぐ》い、チカが震える声で言った。

「そうだよね、俺達の間には、誰もいないんだよね。よく考えたら、最初から知ってた……ごめんね」

利都の頬を支えたまま、チカが唇を押しつけてきた。その甘い香りに、身体を穿《うが》っている快楽も一瞬忘れ、利都は陶然と唇を開いて応えた。

隘路《あいろ》を押し広げているものが、さらに硬さを帯《お》びる。チカは肩に抱え上げた利都の足をそっと下ろすと、改めて利都の腰を引き寄せ、強引に己の雄物をねじ込んできた。

利都から唇を離し、チカが半身を起こして、腰を利都の臀部《でんぶ》に打ちつける。

激しい突き上げに、どんなにこらえても利都の唇からはかすかな声が漏れてしまう。

こすり上げられ、引きずり戻される強い刺激に、利都の身体の芯《しん》がわななき始めた。

「あ、あ、ひっ……」

利都は大きく足を開かされたまま歯を食いしばり、再び手の甲を唇に押しつけた。

お願い、もっと優しく、と懇願《こんがん》しようにも、口を開いたが最後、大声を出してよがってしまうのは明らかだ。

愛される身体の奥底から、じわじわと灼熱《しゃくねつ》の塊《かたまり》がせり上がってくる。

これに呑み込まれたら、めちゃくちゃになって、なにもわからなくなってしまうだろう。

「っ……やぁ、ぁ……」

「りっちゃんのなか、熱いね。なんかもう、俺、良すぎておかしくなりそう」

利都を穿《うが》つ動きを止めずに、チカが眉根を寄せて言った。彼の感じている快楽は、鉄の棒のように硬くそり返った雄からも、シャツの上からもわかるほど激しく上下する胸からも、はっきりと伝わってくる。

散々に愛され、攻められ、蜜まみれになった秘所に、不意に刺激が走った。

「っ、あ、ああーっ！」

利都の身体が、ずるずると快楽のるつぼへ落ちてゆく。

——ダメなのに、声、出しちゃ、ダメなのに……

ガクガクと膝《ひざ》を震わせながら、利都は顔を歪《ゆが》めて、身体の芯《しん》で熱くはじける感覚にたえた。目の前が白くなるほどの快楽に思わず唇が緩《ゆる》む。

「やぁ……ッ、も、お、っ……きもちいい……っ」

漏れ出した利都の声をすくい取るように、息を乱したチカがキスをしてくれた。

「ん、ふ……っ」

目を閉じると、勝手に滲《にじ》んだ涙がこめかみを伝わって流れてゆく。息を弾ませ薄目を開けた利都に、チカが囁《ささや》きかける。

「……りっちゃん、まだ終わりじゃないよ？」

絶頂に身体を震わせていた利都は、再び始まった律動に目を見張った。

くったりと弛緩《しかん》する利都の蜜口を、灼《や》けた杭がいくども行き来する。一度達した内壁が、再び恋しいものを求めてからみつく。

まったく力の入らない足を必死に踏ん張りながら、利都はこれまで以上に激しい抽送《ちゅうそう》をなんとか受け止めた。

意思とは無関係に、隘路《あいろ》がますます締まる。チカのものに粘膜をからみつかせ、じゅぷじゅぷと音を立てて、利都は本能的に腰を揺らした。

「っ、やぁー……っ、ああ、あ、あァッ、無理……っ、二回も、無理……！」

呼吸さえもまともにできないほど、利都の身体が昂《たか》ぶってゆく。利都のみだらな反応に刺激を受けたのか、腰を抱き寄せるチカの腕に力がこもった。

「あ、ダメだ、俺も、もう」

がたがたと震え続ける利都の身体をぎゅっと抱き寄せ、チカが音を立てんばかりに利都の身体を穿《うが》った。蜜がどっとあふれ出し、利都の身体がゆさゆさと揺さぶられる。

熱く灼《や》けた楔《くさび》を締め上げながら、利都はチカの背中にしがみついた。

「私、チカさんが……一番好き……」

「……っ」

その言葉が契機となったのか、チカが一瞬苦しげな息を吐き、利都の一番奥に彼自身を突き立てたまま、動きを止めた。

ゴムの皮膜越しに、それがゆっくりと力を失っていくのがわかる。

ぐったりしたチカに頬ずりをして、利都は枯れかけた小さな声で、もう一度囁《ささや》いた。

「私、チカさんが一番好き」

その言葉に応えるように、チカが力を振りしぼって身を起こし、利都の唇にキスをした。

汗の匂いのするキスに、利都はとろけきった身体でうっとりと応える。

「……そうだよ、りっちゃんは俺を一番好きになって。俺……間宮くんと違って絶対浮気なんかしないし、大事な人間を裏切ったりしない。信じてよ」

ぐったりと横たわっていた利都は、チカの声色が変わったことに気づいて目を開けた。

避妊具を始末したチカが、しなやかな腕を伸ばして、利都の身体を抱き締める。

「俺は間宮くんと違う。恋人を裏切ったりしない。オヤジやおふくろとも違うんだ。絶対違う」

今までの甘いひとときを忘れたような、熱に浮かされたような口調だった。

チカのどこか壊れたような述懐《じゅっかい》を耳にして、その時利都は改めて、チカの心に刻まれた傷の深さを目《ま》の当たりにした気がした。

――ああ、チカさんはお父さんとお母さんに傷つけられて悲しかったんだ……

だから、何度も同じ話を利都に聞かせるのだ。一人で苦しみにたえているのが辛《つら》くて、利都に痛みをわかってもらいたいのだろう。

優しくてもプライドの高いチカは、人に寄りかかることを良しとしないかもしれないけれど、せめて恋人である自分には甘えてほしい。

利都はそう思い、身体を起こしてチカの上半身を抱きかかえた。

「チカさんは違いますよ。チカさんは弘樹と全然違うし、私はチカさんが大好き」

長い間、家族への不信感で傷ついてきた彼を、口先だけで癒《い》やせるとは思えない。けれど、思ったことを伝えたかった。

「信じていた人に裏切られるのって……すごく傷つきますよね。でも私、チカさんに傷ついたままで止まっていてほしくないです」

「止まって……る？」

チカが、思いもよらない言葉を聞いた、とでも言うように、大きく目を見開いた。

泉のように透き通る大きな目に、乱れた髪の利都が映っている。

利都はチカの目を見つめて、頷《うなず》いた。

「ご両親は結局、離婚なさったんですよね。それにお父様は、お相手の女性ともお別れしたんでしょう？　ご両親はもう、自分達の問題を清算されたんです。お母様とお父様がチカさんを傷つけたのは許されないことだと思いますけど、それは終わってしまったことなんです」

――私も、弘樹と舞子に裏切られた時は、あの苦しく惨《みじ》めな時間が一生続くのかと思っていた。

でも、今は違う。新しく始まった道の先にチカさんがいてくれたから、苦しみのなかに独りぼっちで取り残されずにすんだ。弘樹と舞子のことは、チカさんのおかげで過去になった。私も、チカさんの歩く道の先で、彼を待っている小さなきっかけになりたい。大きな救済になんてなれなくていいから、そうなりたいと思う。

利都は手を伸ばして、チカの髪を撫でた。

絹のような優しい手触りの温かい髪を何度も撫で、秀麗な白い額にキスをする。

「終わったこと……なのかな。俺は、オヤジを尊敬してたよ。あんなふうになりたいってガキの頃から思ってた」

髪を撫でる利都の手首をつかみ、チカが疲れたような声で言った。

「おふくろは昔からどうしようもなかったみたいだし、俺に関心がない人だからしかたないけどさ、オヤジはおふくろの分も子供思いで真面目で、仕事一筋の人だったのに。なんでなんだよ。なんでいい年して浮気なんかしたの？　おふくろがずっと浮気をしていたから、当てつけにやり返したのかな。ホント意味わかんない。俺は……」

彼が口を開くたびに、心の傷が血を流し、むき出しになってゆくのが見えるようだ。

その痛々しさに眉をひそめながら、利都はチカの話を引き取った。

「許せない……ですか？　でも、お父さんが子供思いだっていうのは、昔から変わっていないと思いますよ」

チカの弟のピアノのコンサートにわざわざやってきて、嬉しそうにパンフレットに印刷された息子の名前を指差していた寛明の姿を思い出す。

冷たい父親だったら、わざわざ、子供のコンサートになんか行かない。

「お父さんは間違ったことをしたかもしれませんけど、きっと中身は変わってないと思います。最初から人を騙《だま》していた弘樹とは違います」

利都がそう言った瞬間、チカの目から透明な涙が一滴流れて、シーツに落ちた。

「……変わってないのは、知ってるよ。オヤジは、あんなことをしたけど……昔から変わってない」

チカが手の甲で両目を隠し、震える声で続けた。

「わかってるよ。浮気相手にだって、ホントに、惚れたんだと思うよ……俺、オヤジに似てるからわかるけどさ、恋するとそのことしか考えられなくなるタイプなんだと思う。オヤジは、相手と別れた時も、『自分の愛人なんて身の上では、彼女は幸せになれない』って言ってたしさ。りっちゃんに恋して俺、オヤジの気持ちがなんとなくわかった。ばかだよな、俺のオヤジ。若い頃遊んでなかったおっさんって、世間知らずで、そういうところ、脆《もろ》い……よね……」

手では隠せないほどの涙が、チカの目から流れ落ちてゆく。

利都はもう一度手を伸ばして、声を立てずに泣いているチカの上半身をぎゅっと抱き寄せる。

今の言葉がチカにきちんと伝わったかどうか、自信はなかった。

親を許せと言うつもりも、立ち直れと言うつもりもない。

けれど、彼が一箇所にとどまって、苦しみ続けることだけは止《や》めてくれればいいなと思う。

——だって傷つけられた側が、苦しみ続ける必要なんてないんだもん……そのためには、自分でどうにかしなきゃダメなんだ。私も最近やっと、それがわかった……

利都はチカを抱き締めたまま目をつぶる。難しいことはできなくても、そばにい続けることならできると思った。

翌日、いったん家に戻ると告げると、案の定チカはふくれてしまった。

「ねえ、今日、本当に家に帰るの？　日曜だから泊まっていけばいいのに」

車に乗り込んでもまだ、チカは未練がましく言う。

「冷蔵庫のなかを綺麗にしたいし、会社の課題の通信講座もやらなきゃいけないの。ごめんなさい」

最近は平日もチカの家に入り浸るようになってしまっている。チカといるのは楽しいのだが、浮かれて勉強が手につかないのは明白だ。なので、必死に自分の気持ちを抑えて、自宅に戻ることにした。

「チカさん、家まで送ってくれてありがとう」

自宅近くにチカが車を停めると、利都は彼に礼を言い、車を降りる。

「玄関まで送るよ」

「大丈夫。まだ明るいし。駐車場代もかかるでしょ？」

「いや……俺も行く」

そう言って、チカが利都のボストンバッグを取り上げ、長い足でスタスタと歩いてゆく。利都は慌てて彼のあとを追った。

「どうしたの？」

妙に深刻な顔をしているチカの顔を覗き込んで尋ねたが、彼はなんでもない、と首を振った。

不思議に思いながらエレベーターに乗り、自分の家の前に立った時、妙なものが目に留まった。

ドアの隙間にねじ込まれた白い紙だ。それを手に取って、利都は言葉を失った。

『昨日の電話は冗談です。俺と新しい彼女の邪魔をされたのかと思ってカッとなっただけ。澤菱さんの誤解はしっかり解いておいてください。あと利都が遊ばれてるというのは真面目な話です。澤菱さんと利都では全く釣り合わないから、早く身を引いたほうがいいと思う。間宮』

絶句して手紙に目を落としていた利都の背後で、チカが低い声で言う。

「ああ、やっぱり家にまで来たんだ……。この置き手紙、なんのフォローにもなってないよね。墓穴《ぼけつ》掘りに来たのかな？」

利都は泣きたい気持ちで手紙を畳む。それを、チカがひょいと取り上げてくしゃくしゃと丸めた。

「りっちゃん、お勉強は俺の家でしようよ。間宮くんがりっちゃんの周りをウロウロしてるの、すごく気持ち悪い。ああいうタイプって弱い相手になにするかわかんないから、一人にならないで」

「そんな人じゃ……」

なかった、と言いかけて、利都は口をつぐんだ。

利都に見せていた完璧で物わかりのいい顔も、今の浅ましいほどに『成り上がること』に執着する彼も、どちらも弘樹なのだろう。

「間宮くんはさぁ、自分の過去を知ってるりっちゃんが俺のそばにいると都合が悪いんだよ。だから、りっちゃんを卑怯《ひきょう》な真似して脅したりするかもしれないの。わかる？　家に上がり込まれて変なことされたらどうすんの？」

そんなことはないと言い切ることはできなかった。

家にまで来る、なりふり構わなさは不気味だ。弘樹にとっては、ユキとの生活を守ることが、それほどの優先事項になっているのだろう。正直に言えば、恐ろしい。

「わかりました……じゃあ、生物《なまもの》を冷凍して、着替えと勉強道具取ってきます」

チカの深刻そうな表情が少しだけ緩《ゆる》んだ。

「俺も家でちょっと仕事をするから、りっちゃんはその間に勉強しなよ。英語なら教えてあげる」

「本当？　良かった。ちょうど英語の検定用の課題なの」

「いいよ。いくらでも教えてあげるよ。あんまり教えるの上手じゃないかもしれないけど……荷物まとめておいで」

チカの優しい笑みにホッとして、利都も笑みを浮かべた。

こんな状況、一人だったら怖さとショックで号泣していただろう。弘樹と自分のことに巻き込んで迷惑をかけてしまっているのに、相変わらず優しいチカに安堵《あんど》する。

「ありがとう」

利都は笑顔のまま言った。今日もまた、チカと一緒にいる理由ができた。怖いことがあったばかりなのに、それすらも洗い流してしまうほどに、彼といられることが嬉しい。もっと堂々と寄り添えたらいいのに。そう思った。

「ねー、ぱんつ持った？」

突然、耳元で妙なことを囁《ささや》かれ、利都は首まで真っ赤になって叫んだ。

「な、なに言ってるんですか！　いきなりぱんつとか……っ」

「だってりっちゃんさぁ、急に『ぱんつないから帰る！』とか言いそうなんだもん。そんなのヤダよ。一人になっちゃダメだからね。帰さないから。ぱんつは全部俺んちに持ってきてよね。さ、でっかいバッグにぱんつ入れて！」

「ち、ちょっ……チカさ……」

利都は真っ赤な顔で口をパクパクさせた。夢のように美しい顔で、そんな変なセリフを吐かないでほしいと思うが、そういうミスマッチなところが大好きでもあるのだ。だから、諦めるしかないのかもしれない。

「荷物これで全部だよね、さ、帰ろ」

荷造りと食品の始末を終えて車に乗り込むなり、チカが明るい声で言った。

「ねえ、りっちゃん、今度の連休、温泉行かない？　すごく景色の綺麗なホテルがあるんだ」

「うん、今度の休みなら大丈夫。温泉かぁ、行きたいな」

助手席で、家から持ってきたアイスカフェオレのプラスチックカップを手に利都は頷《うなず》いた。

仕事が忙しくて、チカも疲れているのだろう。

本当に、たまには休んでほしい。

チカが、利都が寝たあとに起き出して、ずっとパソコンの前に座っていることを実は知っている。あまりうるさく言われたくないかもしれないと思って黙っているけれど、身体が心配なのだ。

「やった！　じゃああとで、宿に予約入れちゃお」

「安いところが良いな、私、お金があんまりなくて」

一泊何万円もする宿を予約されてはたまらないと、利都は慌ててそう言った。チカは機嫌のいい笑顔のままはいはい、と相槌《あいづち》を打っている。

「ねえチカさん、聞いてる？　豪華なところじゃなくていいよ？」

「俺んちが持ってるホテルだから大丈夫」

とんでもないセリフをあっさりと言いきり、チカが続けた。

「爺《じい》さんが気に入って年間予約してる部屋があるから、そこに行こ。爺《じい》さんに貸してって頼んでおく。あの人、年中部屋キープしてるくせに滅多に行かないからさぁ、なんか勿体《もったい》なくて」

利都はめまいを感じて、眉間を押した。澤菱家のご隠居《いんきょ》様が定宿《じょうやど》にしているホテルになんて、自分が泊まって良いのだろうか……

「あの……ホテルとか持ってるんですか？　チカさんの家」

「爺《じい》さんが趣味で何軒か持ってるよ。何年か前に大改装したから、そこそこお客さんは来るみたい」

ホテルどころではなく、澤菱家の所有するビルやら美術館やら、どれだけあるのだろう。そもそもチカが今住んでいる家だって、ただのサラリーマンは一生かかっても住めないような広さで……そこまで考えて、利都は止《や》めた。気が遠くなりそうだし、利都にはなんの関係もないことだ。

——実家がお金持ちでも、チカさんはそんなに贅沢《ぜいたく》なんかしてないし、自分で稼いだお金しか使ってないみたいだし……普通の人だよね？

かすかに痛む胃をこっそり押さえ、利都はカフェオレのストローに口をつけた。

一体、どんな豪華な温泉に連れて行かれるのだろう……

「ねえりっちゃん、あのさ、俺さぁ、りっちゃんにとって一番信頼できる人になりたいんだ」

赤信号でブレーキを踏みながら、チカが唐突に言った。

「なにも嘘ついてなくて、りっちゃんが困った時に頼れて、りっちゃんを安心させられる人になりたい」

突然の言葉になんと答えて良いのかわからず、利都はプラスチックのコーヒーカップを握り締めた。

「今日みたいに困ったことがあったら、真っ先になんとかするのは、お父さんとかお母さんとかじゃなくって、俺でありたい。だから頼って。そもそも俺はりっちゃんにべったりで甘えまくってるんだからさ、ホント頼ってね」

「え、チカさん、私に甘えてた……の？」

驚いて、利都は問い返す。一体チカはいつ自分に甘えていたというのか。

「甘えてるじゃん！　いつ『ウザい！』って怒られるかわかんないくらい、めちゃくちゃ甘えてるでしょ？　りっちゃんなに言ってるの？」

「そうだったんだ、気がつかなかった」

「なにそれ、この天然さんめ……。俺は甘ったれだよ。でも見逃してもらえるなら、今後もずっとべったりで行きますよーだ」

再び車が走り出す。

――そっか、チカさんは抱きつくのが好きな人なんだと思ってたけど、あれは甘えてたんだ……

妙にむず痒《がゆ》いような気持ちになり、利都は小さく笑い声を立てた。

「じゃあ、頼るから、一杯甘えてください」

「……そう改めて言われると、なんか照れるね……うん、ありがと」

チカのなめらかな頬に、みるみるうちに血の色が上ってゆく。それを、利都はいつになく甘く幸せな気持ちで見守った。


スーパーに寄り、家に戻ると、チカは張りきって料理を始めた。

「夕飯はりっちゃんの好きな菜の花のパスタにする！」

「生ハム高かったです……」

「いいの、いいの！」

いかにも『めったにしない男の手料理』といった高価な食材を並べ、チカが機嫌良く言う。

そうでなくても、海外食材の並ぶ高級スーパーは単価が高いのに。

でも、せっかくなので、作ってくれるというチカの気持ちに甘えることにした。高いものを買うなと文句を言うより、楽しく作ってもらったほうがいいに決まっている。

「はい、りっちゃんは座って待ってて」

肩を押されて苦笑し、利都はいつものソファに腰を下ろした。

――そういえば、さっきメールが来てたな。

利都はバッグからスマートフォンを取り出した。間違いメールだろうか。知らない人からメールが来ている。

『間宮には会わないでください』

そのタイトルを目にした瞬間、利都は凍りついた。

台所でのんびりと野菜を切っているチカの様子をうかがい、そっとメールを開く。

——誰からなの？

息を呑み、画面をスクロールさせて、利都は手を止めた。

『突然ですが、間宮弘樹には会わないでください。あの人がなにを言ってきても絶対に会っちゃダメです。アイツは、ろくな奴じゃありません。私に言えた義理ではありませんが……。さっき間宮から電話があって、利都が目の前をウロウロしてて困る、お前が余計なことを言ったのか、と言われました。どこまで勝手な奴なんだろうと思うと腹が立ってしかたがないです。

ここまで読んでくれたなら最後まで読んでくれると思うけど、私は舞子です。未婚だと騙《だま》されて、一年も妻帯者と恋人付き合いをしてしまった、大ばか者の村上舞子です。

私は、知らず犯してしまった不倫のことをたまたま間宮に知られ、「会社と利都と、不倫相手の嫁にお前のことをバラす」と脅されました。

不倫相手の嘘で精神的にボロボロだった私は、その脅しに屈して、あなた達を別れさせるために最低な嘘をつきました。

今日は、許してほしくてメールしたのではなく、最後に忠告しようと思っただけです。

間宮は、有力なお父さんのいる女の子に近づいて、より高い社会的地位につきたいんだって。利都のお父さんは銀行の偉い人でしょ？　でも、それよりもさらに偉い人のお嬢さんに近づけたから、要らなくなった利都と別れるんだ、って言ってました。

あんなクズ、別れたほうがいいし、なにを言ってきても、もう近づかないほうがいい。

もちろん私みたいに親友を裏切る女にも、二度と近づかないほうがいいけどね。

私は近々、アメリカに行きます。ちょうど留学したかったので、今回の件は会社を辞《や》めるいい機会になりました。

利都を二人で傷つけたあの時、間宮は「妊娠したなんて、面倒な話にするなよ！」ってブチ切れていました。あまりにムカついて、別れ際に一発ビンタをお見舞いしておきましたけど。

利都、傷つけて本当にごめんなさい。利都はなにも悪くありません。もし私の言うことを信じてくれるのであれば、早く間宮よりいい人を見つけて幸せになってください。さようなら』

――舞子……

頭が真っ白になりながら、利都は何度もメールを読み返した。

利都は慌てて、メールに返信をした。

『利都です！　今話せますか？』

動揺して震える手で握ったスマートフォンが一度震えて、メールアドレスが見つからなかった、と表示された。おそらく舞子は、一度メールを送るためだけに作ったフリーアドレスからメールを送信してきたのだろう。

――なに、なんなの、このメール……そんなの知らなかったよ、舞子……！

先ほど弘樹の卑劣な手紙を見た時よりもさらに衝撃を受け、利都はスマートフォンを握り締めたまま呆然と座り込む。

知らなかった。

舞子がそんなことで苦しんでいたなんて。彼女の言うことが本当なら、利都は舞子が大変な時に『今日の舞子は元気がないな』と思っただけで、いつもみたいに甘えて愚痴《ぐち》って、惚気話《のろけ》をしていたのだ。舞子の抱える苦しみになにも気づかず、苦しんでいた舞子のそばでずっと呑気《のんき》に過ごしてきたのだ。

――どうしよう……舞子と一度でいいから話したい……でも、電話番号がわからない。彼女から貰った電話やメール履歴も、アドレス帳の舞子の項目も消してしまったから。

必死に頭を働かせ、利都は歯を食いしばって、着信履歴をたどる。

それから、昨日電話をかけてきた弘樹の番号をリダイヤルした。

昨日間宮から電話があって、と、メールには書かれていた。弘樹は、舞子の連絡先を知っているのだ。

『もしもし』

よそ行きの声で、弘樹がすぐに電話に出た。

「もしもし。こんにちは。間宮さん？　利都ですけど」

利都が弘樹に電話をかけていることに驚いたのか、過保護なチカが台所から飛び出してきた。玉ねぎを手にしたまま、背後でじっと様子をうかがっている。

『ああ、利都。どうしたの？』

チカがそばにいることを懸念しているのだろう。非常に穏やかな声で弘樹が言った。

「どうしたのじゃないわよ。あの手紙、警察に持って行くわよ」

自分のものとは思えないほど、意地の悪い冷たい声が出た。

「あんな手紙が挟まっててすごく気持ち悪かった。元カレにストーカーされてるって言うからね。お父さんに警察へ同伴してもらう。お父さんの親友が地元の大きな警察署の署長さんなの。だから、ちゃんと話を聞いてくれると思う」

『ま、待って、誤解だよ。俺は誤解を解きたくて』

弘樹はばかではない。利都の訴えが警察に確実に通るであろうことを一瞬で理解したのだろう。おそらく彼のなかでは、利都は泣いて怯《おび》えるはずだったに違いない。付き合っている頃からは想像ができないほど冷淡な利都の声に、弘樹が明らかに動揺した声を上げる。

「誤解だなんて思えないよ。そもそも自分が浮気したくせに。最低。絶対許さないから。チカさんも一緒にあの手紙見たんだからね。遊び人扱いされてめちゃくちゃ怒ってるよ。知らないからね！どうするの？」

『だから誤解なんだって！　あの手紙は謝罪の手紙だろ！』

「知らない。とにかく私、お父さんと一緒に警察に行くから！　弘樹がどこの会社に勤めてるかも警察に教える」

信じられないほど冷静に、利都は言った。

弘樹は、外資の有名金融会社に勤めていることをなによりも自慢に思っているし、社会的地位を絶対に失いたくないはずだ。だから、申し訳ないがはっきりと釘を刺す。社会的に泥を塗ってやる、と。

『警察に会社の名前を出すのは止《や》めてくれ、うちは金融だし、妙な連絡が行ったらまずいんだよ、頼む！』

悲鳴のような声で弘樹が叫ぶ。

「……あと私、舞子にも言いたいことがあるの」

『む、村上さんに？　なに、どうしたの？』

矛先《ほこさき》が舞子に向いたことを好機と思ったのか、弘樹が機嫌を取るような声で言う。

「舞子の電話番号とメールアドレス教えて」

『り、利都が警察に行かないって言うなら教えてあげるよ』

利都はわざとらしく大きな溜息をついてみせた。

「じゃあいい」

『ま、待てよ利都、わかった、もう二度と変な真似はしない、だからお父さんと警察行くのは待ってくれ。俺、そこまでひどいことしてないだろ？　お前がいないからメモを置いて帰っただけなのに。そうだよ、お前、大げさだよ』

まくし立てる弘樹の言葉に割り込むように、利都はわざと、精一杯ヒステリックな声で叫んだ。

「いいから！　早く舞子の番号とメールアドレス教えなさいよ！　舞子にも言いたいことがあるんだから！」

『わ、わかった。利都は前と同じメールアドレスだよな？　教えるから、落ち着け、な？』

いつも小さな声でしゃべる利都の渾身の演技は、見事に弘樹を騙《だま》しきったらしい。

「早く送って！」

『わかった。送ってやるから警察とか行くなよ？』

「舞子と話して考える！」

『わ、わかったよ。今からメールするから、一度切るぞ』

弘樹が機嫌を取るように通話をオフにした。

大声を出し、気を張っていたせいか、どっと疲れてしまった。利都はスマートフォンをソファの上に投げ出し、大きく伸びをする。

「りっちゃん……そんな大きい声出せるんだね」

玉ねぎを手に、チカが苦笑する。

「なに話してたの？　大丈夫？」

「うん……」

頷《うなず》いて、利都は舞子からのメール画面を開いて、チカに差し出した。

「弘樹と浮気してたはずの私の親友からメールが来たの。だから、彼女と連絡が取りたくて」

チカが真剣な顔で、画面に目を走らせた。

「なるほど……間宮くんしか連絡先知らないんだ？」

「うん。それに、弘樹にもう変なことされるの嫌だから、釘刺したかったの」

「こらっ、そういう危ないことは俺に頼みなさいって言ったでしょ！」

テーブルの上に玉ねぎをおき、チカがわざとらしい怖い顔で、利都の頬をぷにっとつまんだ。

「だからお父さんと警察に行くとか物騒なこと言ってたんだ。でもさ、あんなこと言ったら、お父さんを巻き込んじゃわない？　大丈夫？」

「大丈夫だよ」

利都は頷《うなず》いて、ちょっと笑った。

「うちのお父さん結構、怖いから。弘樹はお父さんのことよく知ってるし、変なことはしないと思う」

「でもさ、りっちゃんのお父さんは銀行員の……普通のおじさんでしょ……？」

「えっと、あのね、うちのお父さんは銀行に入る前、三十歳になるちょっと前まで機動隊員だったの。……背はチカさんより高くて、体重も百キロくらいあって、柔道黒帯《くろおび》で、なんて言うか……ちょっと似てるの、えっと、あの、ゴリラとかに」

父のことを紹介するのは照れくさい。父は小柄な利都とは全く似ていなくて、誰もが一歩引いてしまうような強面《こわもて》である。子供の頃は『今井のお父さんゴリラ！』とからかわれていたくらいだ。

「ゴリラ……」

「うん……お父さん、ちょっといかついの。もうおじさんだけど、今も毎日鍛えてるし」

利都はうなだれて言った。父のことは好きなのだが、朝晩の腕立て伏せを欠かさぬ筋骨隆々《きんこつりゅうりゅう》の父を、友人にどう紹介すればいいのだろうかといつもとまどう。チカも父を見たらあまりの似てなさに驚くだろう。

ちなみに父の親友が警察署長というのは本当だ。機動隊時代、父の同僚だったおじさんで、利都の家にもよく夫婦で遊びに来る。

そのために思いついたのがさっきついた嘘だったのだが、弘樹には効果てきめんだったようだ。

「あ、あのさ。俺、ゴリラと近いうちに対決しなきゃダメなんだね」

「どういう意味？」

チカの意味不明のひとりごとに、利都は首をひねった。

「い、いや、なんでもない。なんでもないよ、とにかくりっちゃんは一人で危ないことしないでね」

なぜか真っ赤になり、チカが両手をひらひらと振った。

「うん、もう弘樹に電話する用事はないから大丈夫。着信も拒否しておくから」

首をかしげたまま、利都は素直に頷《うなず》いた。

その時、ソファの上のスマートフォンが震える。

弘樹から届いたメールには、画面ぎっしりにひたすらの謝罪と、舞子の連絡先が記されていた。

——これで舞子に連絡してみよう。返事が来るかわからないけれど、ちゃんと舞子と話したい。

利都は、静かにそう決意した。

第八章

結局、舞子からの返信は来ないまま、次の週末になってしまった。

利都は、チカの家の広いリビングにおかれたソファに腰かけ、土曜の午前中を持てあましていた。

『俺さ、明日の朝ちょっと実家行ってくるね。お昼前には帰ってくるから待ってて！』

昨夜寝る前、チカはそう言っていた。今朝、利都が起きた時には着替えをして、外出する直前だった。

チカが休日に、利都を放って出かけるなんて珍しい。

一人だとなんだか寂しいな、と思い、利都は苦笑した。

――やだ、私ったらどれだけべったりなの？　別行動くらい当たり前じゃない……

顔をペチンと叩いて、利都はふかふかのソファから立ち上がった。

冷蔵庫のなかには昨夜利都が作ったシチューが二人分残っている。

パンもあるし、お昼はこれにコンビニで買ったサラダをつければ良いだろう。

『家のなかを冒険していいよ』と言われたことを思い出し、四十畳あるというリビングを横切って、普段は入ったことのない廊下に顔を出してみた。

なにもおかれていない空っぽの部屋が三つと、お風呂とトイレが二つ、ウォークインクローゼットまである。

これらの部屋にはチカが立ち入っている形跡すらない。

広い家を持てあまして寂しいとチカが言っていたことを、利都は思い出した。

――このお家、二人暮らしでも広すぎるよね？

そう考え、利都は顔を赤らめた。

なにを考えているのだろう。自分は彼氏の家に入り浸っているだけで、同棲しているわけではないのに。

利都はもう一つの、私物をおいていいと言われた広い部屋を覗き込んだ。

部屋のウォークインクローゼットには、チカが大量に買い込んでくる利都の服がかけられている。

明るい色ばかりで、可愛らしい服が多い。彼にとっては、利都はそういうイメージの女性なのかもしれない。

――こんなに買わせちゃって悪かったな……夏のボーナスが出たら少しでも返さなきゃ。

値札は全て切ってあるものの、ネットで調べたらどれも数万円はくだらない高価な服だった。

いくら強引に買い与えられたとはいえ、貰いっぱなしは心苦しい。

カシミアらしき、淡い青紫色のニットを顎《あご》の下にあて、利都は鏡を覗き込んだ。

予想外に似合っている。自分では絶対に選ばない色だけに、意外な驚きを感じた。やはりチカのセンスはすごいな、と思う。

ピンクのカーディガンもどこか深みのあるローズ色で、ベージュのスエードのスカートにとても映える。

こんなに買ってもらって申し訳ないと思いながらも、どこかうきうきした気分で、利都は服をハンガーにかけ直した。

——この部屋にも、なにも家具がないんだ。チカさんはどうして家にものをおかないのかな？

利都はひとしきり家のなかを見て回り、風呂回りのアメニティと、チカ用のウォークインクローゼット以外の場所に、ものがないことを確かめた。

六部屋もあるのに、なぜ立ち入りすらしない部屋ばかりなのだろう。

リビングに戻り、好きに飲んで良いと言われたハーブティに口をつけながら、利都はテレビのスイッチを入れた。

——たしかにこの家、一人だと寂しいな……

明るい日差しが燦々《さんさん》と降り注ぐがらんとした家で、利都は楽しげなバラエティ番組を眺めながらそう考えた。

本もほとんどない、仕事のためのパソコンと資料がデスクに放り投げてあるだけの広々としたリビングを見渡し、利都はもう一度テレビに視線を戻した。

温かいはずの部屋が寒々しくて落ち着かない。

早くチカが帰ってこないかな、と思う。

ぼんやりとグルメ番組を眺めながら、利都は携帯のメールをチェックした。

父からはまた、なぜ夜に出歩いているのか、家にいなさい、まさか外泊なんかしてないよな、というメールがたて続けに来ている。

『昨日も今日も彼氏の家に泊まっていました。最近弘樹と別れて、本当に好きな人と付き合っています。今度お父さんに紹介します』

今までの自分なら絶対に書かない文章をさらりと打ち込み、利都はそのメールをためらいもなく送信した。

多分父は激怒するだろうな、と思ったが、別に怒られても怖くはない。

むしろ、なぜ今まで怖かったのだろう、と不思議にすら思う。

自分はもう二十五歳なのだ。父親に守られなくても生きていけるようにならなくては。

いや、生きていけるはずだ。恋する相手を自分で選び、働いて、自分で自分を養っていける今の自分なら大丈夫だと思う。

しばらくテレビを眺めていたら、携帯が一度鳴った。

届いたメールは、めったにメールをよこさない放任主義の母からだった。

『りっちゃんナカナカやるわね！　パパは血圧が上がって寝込みました。ママがりっちゃんをちゃんと見張っていないからだとプンプン怒っています。彼氏くんはイケメンですか？　イケメンだと嬉しいな～。あとまた漫画貸してください　ママ』

笑顔の顔文字がちりばめられたメールに、利都は噴き出した。

なぜ両親は、こんなに正反対の夫婦なのだろう。

『お母さんへ。顔で選んだわけではありませんが、彼氏は超イケメンです。あとで写真送っていいか聞いてみるね。漫画は宅配便で送ります。お父さんには謝っておいてください』

チカを紹介したら、美男子好きの母は大はしゃぎし、父は怒って手がつけられないだろうな、と思いながら再度メールを送信し、利都は冷め始めたハーブティを飲み干した。

その時、チャイムが鳴る。チカが戻ってきたのだろう。

利都は弾む足取りでインターフォンを取った。

「はい！」

『ただいまー、開けて』

チカがいつもの笑顔で、カメラの向こうで手を振っている。

「おかえりなさい」

ロビーの鍵を解錠し、玄関のロックも外した。そのままチカが姿を現すのを待つ。

「ただいま！」

チカが明るい声で言いながら、玄関のドアを開けて入ってきた。利都はその腕にしがみつき、笑みを浮かべて言った。

「おかえりなさい。待ってた」

素直にそんな言葉が出た。チカが白い頬をかすかに染め、利都の顔を覗き込む。

「待ってたの？」

「はい……一人だとなんだか寂しくて」

「そっか、なるほど、なるほどね」

照れ隠しのようにチカが呟《つぶや》き、利都に腕を取られたまま歩き出す。

「いやー、ただでさえ話が長い爺《じい》さんに、散々説教されて帰ってきた」

「どうしたの？」

「家出してごめんなさいって謝ってきたの。爺《じい》さんには相当心配をかけてたからさ、説教がなかなか終わらなくて。でも今日から、根無し草の家出息子は止《や》めるんだ、俺」

なにかを吹っきったような、明るい声だった。

「そう、なんですか……」

利都は、ふと、この前チカが流していた涙のことを思い出した。

……父親が変わっていないことは知っているし、ただ間違いを犯しただけなのだとわかっている、と言いながら流していた、透明な涙を。

利都の心に、不意にふわりと明るい風が吹き込んだ。

もしかして、チカは少しだけ、前に進んでくれたのかもしれない。

大きな悲しみに決別するために、歩き出そうとしているように見える。

「俺さ、そろそろ家の名前を本気で背負って、頑張ろうかなと思って」

その言葉に利都は驚いて、慌てて口を挟んだ。

「えっ、待って、今でもすごく忙しいですよね？　これ以上無理しないでください」

「俺、りっちゃんに安心してもらえる男になりたいんだよね。だから今後は『澤菱』の名前ひっさげて、今より難しい仕事も頑張るつもり」

「あの、チカさんは、今でも充分、活躍中ですよ？」

「そうかな、そうでもないと思うけど……」

「夜中に起きて外国の偉い人に電話したり、海外の貴重な美術品を借りるための話し合いをしたりしてるじゃないですか？　チカさんのお仕事、私の仕事と規模が違いすぎますし」

「そうかな？　ピンとこないなぁ。俺はこの仕事しかしたことないから」

どうもチカは、自分の仕事を立派だと感じていないようだ。どれだけ、自分に対する評価が厳しいのだろうか。

利都は半ば呆れつつ、笑顔で言った。

「なんだか大変そうですけど、私はチカさんが頑張るなら応援します。ただし、無理しすぎないことが絶対条件！」

大好きなチカが心機一転して頑張ると言うなら、応援する。できればずっと、そばで支えたい。そう思う。

「ありがとう」

チカが嬉しそうに小さな声で囁《ささや》いて、利都の身体を抱き締めた。

ぬくもりと幸福感に身を委《ゆだ》ね、利都は目を閉じる。

――ああ、もしかしてチカさんは、いつか実家も親も捨てて、どこかに行こうと思っていたのかも。だからなにもない、空っぽのお家に住んでいたのかもしれない。

利都はふと、そんなことに気づいた。

けれど、チカは二度と、そんなことを考えないだろう。

空っぽだった部屋には、今は利都の服がぶら下がっている。

これからもっと、この家におくものは増えていくだろう。彼はきっと、ずっと利都のそばにいるのだ。

最終章

連休がやってきた。

温泉に向かう車のなかで、利都は昨日ようやく届いた舞子からの返信メールを、もう一度読み返す。

『利都、心配してくれてありがとう。恋人だと思っていた彼のことは、いつか利都に堂々と紹介できると思っていたので、結構ダメージが大きかったです。でも、利都は私の心配なんかしなくていい。私に一方的に傷つけられた被害者なんだから。私は今空港にいて、明日にはアメリカに着く予定です。帰るのは多分一年後。一年後に、利都が今よりもっと幸せになって、もし私と話してもいいと思ってくれるなら、その時に直接謝らせてください。だから今は許してくれとは言いません。さようなら、またいつか会えたら嬉しいです』

いつも気が強くて前向きで、意地っぱりで……弱い部分を見せなかった舞子の笑顔が脳裏をよぎる。

謝らねばならないのは利都も一緒なのに。

さすがに、もう涙は出なかった。でも、まだ胸が少し痛い。

チカには『時間が必要な人間関係もある』と言われたけれど……

「また見てるの、舞子ちゃんのメール」

車を走らせながら、チカが言った。

利都はスマートフォンを鞄《かばん》にしまい、頷《うなず》いた。

「うん……舞子、アメリカで元気にやれるかなって」

「楽しくやれるんじゃない？　辛《つら》いことが一杯あったんだろうし」

暗い山道の先に、不意に明るい看板が見えた。

チカが注意深くハンドルを切りながら、嬉しそうに言う。

「あそこが今日泊まる宿だよ。あのさ、舞子ちゃんとは一年後に会えるのを楽しみに待ってたら？　もしかして金髪のイケメンを連れて帰ってくるかもよ？」

「うん、そうだったらいいな」

チカの言葉に利都は微笑んだ。

舞子は誰もが振り返るような美女だ。日本じゃなく、海外で彼女の王子様と出会うかもしれない。

「そうだよ。待ってようよ。はい、着いた～。山道大丈夫だった？　気持ち悪くならなかった？」

「平気。運転してくれてありがとう」

砂利の駐車場に車が入ると、すぐに着物姿の女性が出てきてくれた。

案内されたロビーの豪華さに、利都は息を呑む。

書架と囲炉裏が設《しつら》えられたラウンジに、木組み細工も鮮やかな見事な床。天井には控えめなアンティークのシャンデリアが輝いている。

「まあ、寛親様、お久しぶりです、お待ちしておりました」

利都は口を開けて辺りを見回した。インターネットの高級ホテル予約サイトでしか見たことのないような、非の打ちどころのないラグジュアリーホテルだ。

──お金足りるかな？　でもチカさんの家のものだって言うし、割引してもらえる……とか？

お財布の中身を心配しながら、利都は拳《こぶし》をぎゅっと握り締めた。

チカの家が所有するというホテルは、案内された部屋も驚くほどに広かった。

テラスルームから続く広いバルコニーには、二人並んでも余裕がありそうな大きな露天風呂が設《しつら》えられている。

こんな豪華な部屋に泊まるのは生まれて初めてだ。

うきうきしながら、利都は小上がりになっている畳や、洗い場と浴槽が別になっている広いバスルームを覗き込んだ。

部屋を散らかす前に記念写真を撮り、満足してもう一度バルコニーを覗く。

──あの温泉に入りたい。

利都はチカを振り返る。運転で疲れたのか、チカはソファに横になっていた。

「ねえ、温泉に入ってくるね」

返事を待たず脱衣所で服を脱ぎ、バスローブを羽織《はお》って利都はバルコニーに出た。温泉の匂いがする。

髪を結び、サイドの籐《とう》のチェアにバスローブをおいて、利都はゆっくりと浴槽に足を浸し、身体を沈めた。

かけ流しの湯は当たりがやわらかく、とても気持ちが良い。こんな豪華なところに泊まれるのが嬉しかった。

視線の先には星空が広がっている。朝になれば、この温泉から山の下の光景が見えるのかもしれない。

日本人に生まれて良かったと思いながら、利都は目をつぶった。


「で、温泉は気に入ってくれましたか、お姫様」

温まった身体で布団にくるまり、利都はチカの言葉に機嫌良く頷《うなず》く。

「うん！　すごく良かった、チカさんは入らないの？」

「俺、シャワー浴びたから今日はいいや」

同じ布団に潜《もぐ》り込んできたチカが、傍らで利都をじっと見つめながら言った。

「あ、りっちゃんの顔、つるつるになったね。温泉のおかげかな」

チカがそう言って、利都の頬を撫でた。利都は機嫌良く目を細め、チカの言葉に頷《うなず》く。

「チカさんも入ればいいのに」

「……顔以外はどうなのかなぁ？」

不意に、チカが利都の身体をごろりと反転させた。えっ、と思う間もなく、利都の身体は、背後からチカに抱きかかえられている。

「あ、あの、っ、チカさん……？」

チカの手が、利都のまとう浴衣《ゆかた》の襟元《えりもと》に滑り込んだ。

「へえ、すごいね。この辺とか、この辺の肌……めちゃくちゃしっとりしてる」

耳元で囁《ささや》かれ、利都は息を呑んだ。チカのもう一方の腕が、布団と腰のくびれの間から伸び、利都の身体をがっしりと縛《いまし》める。

「あは、この辺もすべすべだね、なんか手のひらに吸いついてくる感じ」

利都は、声を漏らしそうになって焦って口を閉じた。触れるか触れないかの指先が、利都の胸の先端をくすぐる。

焦《じ》らすように何度も胸の膨《ふく》らみをなぞり、チカの腕はゆっくりと下に這《は》ってゆく。

チカの手のひらが肋骨《ろっこつ》を撫で、腹の上を何度もからかうように往復する。しっかりと着つけていたはずの利都の浴衣《ゆかた》は、半ば着崩れ始めていた。

利都は、無駄とわかっていながら、チカの腕から逃れようともがいた。

だが、逃がさないというように、腰の辺りを抱え込んだ腕の力がますます強まる。

「温泉気持ち良かった？」

チカがそう囁《ささや》き、利都の首の後ろにキスをした。

下半身を覆っていた浴衣《ゆかた》が、割り込んだチカの手のせいではだけ、利都の太腿《ふともも》が布団のなかでむき出しになる。

チカの手が、感触を楽しむように利都の腿《もも》を何度も撫でた。

「え、あっ、温泉……気持ち、よか……っ……、あの、チカさん、ダメ……っ」

内股のやわらかな肌にチカの手のひらが触れるたびに、利都の唇から甘い声が漏れそうになる。

首筋にかかる熱い吐息が、否《いや》が応にも利都を昂《たか》ぶらせていった。

「なにがダメなの？」

「へ、変なとこ触っちゃダメ……ここホテルだし……っ」

「変なところって……こことか？」

ショーツの上から茂みの辺りを撫でられ、利都は思わず、チカの腕をつかんだ。

「っ、ダメ……っ……」

「今更なにが恥ずかしいのさ」

「だ、だって、ここ、ホテルで、他の人がいるから、聞こえちゃう」

ジタバタと暴れる利都の身体が、チカの腕から不意に解放された。

「さて、ゴムしよっかな」

チカが笑いを含んだ声で利都の耳元に囁《ささや》きかけた。

はっきりと熱をはらんだその声音に、利都は弾かれたように顔を上げた。

「ま、待って……ダメだよ……静かにしなきゃ……」

「大丈夫だよ」

暗闇のなかで鞄《かばん》のなかを探っていたチカが、再び戻ってきて、利都を抱きすくめる。

その顔が、利都のはだけた胸に埋まった。チカの唇が、かすかに汗ばんだ胸の谷間を這《は》う。利都の腰を抱き寄せ、チカは執拗《しつよう》に何度も、唇で利都の肌を愛撫した。

腕のなかにしっかりと囚われたまま、利都は必死にチカの身体を押し返そうとする。けれど、非力な利都の抵抗などまるで通じず、チカの頭が　腹の辺りまで下がっていった。

「チ、チカさん、くすぐったいっ」

チカは答えず、利都の腹に顔をこすりつけた。そのまま下着に指を引っ掛け、膝《ひざ》まですするりと引きずり下ろす。

利都は必死で足を閉じた。無駄な抵抗だとわかっているのだが、羞恥心《しゅうちしん》のほうがまさる。

「うん、温泉の効果なんとなくわかった。お肌プルプルになってるね。でももう少し確かめなきゃな」

チカが身体を起こし、まとっていた自分の浴衣《ゆかた》に手をかける。

「や、やっぱりダメだよ、外に聞こえたら恥ずかしいもん……」

首を振る利都の顔のすぐそばに、男物の浴衣《ゆかた》の帯が落ちた。チカが浴衣《ゆかた》を脱ぎ捨て、笑顔で利都に言う。

「大丈夫。だってここは、他の部屋から五十メートルは離れてる特別室だもん」

チカに言われて、長い飛び石の上を歩いて部屋に入ったことを思い出す。ここは庭園つきの特別室だから、確かに声はどこにも届かないだろう。少しくらい甘い時間を楽しんでも許されるかもしれない。

「う……ん……」

操《あやつ》られるように頷《うなず》き、利都は乱れた浴衣《ゆかた》のままころりと反転した。チカの手が浴衣《ゆかた》の裾をつかんで、ゆっくりとまくり上げる。

「あ、待って、上手く動けないから浴衣《ゆかた》を脱がせて」

下着は膝《ひざ》のところまでしか下ろしていないし、浴衣《ゆかた》が身体中にからまってまともに動けない。

しかしチカは、利都の言葉を聞かず、そのまま腰をぐいと引き寄せた。

「ねえチカさん、この浴衣《ゆかた》を脱がせ……」

「この状態がいいんじゃない。なんだか、蜘蛛《くも》の巣につかまった蝶々《ちょうちょう》みたいで色っぽいよ」

目を見開いた利都に、チカが余裕のない声で言った。

「挿《い》れたいんだけど、いい？」

気がつけば、熱くそり返ったものが、利都の腿《もも》に当たっていた。浴衣《ゆかた》の袖を握り締めながら、利都は小さく頷《うなず》く。

「……ありがと」

強い圧迫感が、利都の狭路《あいろ》をゆっくりと押し広げた。

なるべく声を立てないようにと、利都はぎゅっと目をつぶる。

「あは、なかがいつもよりキツいけど、これも温泉のおかげかな、すげえ気持ちいい……」

利都の身体を貫《つらぬ》いたチカが、うわずった声で呟《つぶや》いた。

同時に、チカのものを呑み込んでいた媚壁が、強い刺激を伴《ともな》ってこすられる。

「あ、あー……っ、今日……なんか、硬い……」

うわ言のように利都は口走った。

「だって興奮するもん。りっちゃんの浴衣《ゆかた》姿、すごくエロいし」

顔を起こしていられれず、そのまま枕の上にくたりと頭を落とした利都の身体が、チカの動きに合わせて揺れる。

からみつくような音が、暗い部屋のなかに響いた。

チカのものが、いつもよりもゆっくりと味わうように、利都のなかを行き来する。

「ね……どう？　なんかすごい締めつけてくるけど、気持ちがいいの？」

チカがうわずった声で利都に尋ねた。

わざとらしいほど緩慢な動きに、利都の花唇がわななく。

蜜を零《こぼ》し、もっと手荒にしてほしいとねだり始めた身体を焦《じ》らすように、チカは緩《ゆる》い動きを繰り返した。

「こんなに腰振ってどうしたの？　珍しいね。気持ちいいのかな」

「ん、っ……うん、いい……っ」

潤《うる》み始めた目を必死で開いて、利都は言った。

噛《か》み締めても、唇の端から甘ったるい吐息が漏れてしまう。

「ああ、やばい、俺、りっちゃんのなかに全部持って行かれそう」

じわじわと緩慢な抽送《ちゅうそう》を繰り返しながら、チカが余裕を失いつつある声音で呟《つぶや》いた。

利都の身体の中で、チカのものが硬く熱を帯《お》びてゆく。なんとか顔を起こそうとするたびに、身体中に甘い刺激が走り、利都はぐったりと全身の力を抜いた。

「あ、あ、あァ……ッ、もっと動いてぇ……っ」

「すごいくちゅくちゅいってる、濡れてるもんね」

「な、なに言って、そんなの、違……ァ、ッ、ああー……っ」

気づけば、利都は指が白くなるほどの力で拳《こぶし》を握り締めていた。

どうしようもなく焦《じ》らされて、快楽をやり過ごせない。

内壁がチカのものにからみついてひくひくと震え、自分ではどうしても抑えることができない。

「は、あ……っ、やだぁ、っ、もっと乱暴にして……」

「いや、ゆっくりのほうがりっちゃんが乱れて可愛いから、このまま味わうよ」

じゅぶ、と音を立て、チカのものが利都の奥をじりじりと突き上げる。

必死に手を突っぱって、利都は身体を起こそうともがいた。やはり浴衣《ゆかた》がからまり、下着が引っかかって上手く動けない。

「ね、焦《じ》らされる、の、苦しい……」

「俺も焦《じ》らすの苦しいよ？　気持ち良すぎてコントロールが効かなくなりそうだし」

チカの甘い声音に、利都の腕に込めた力が再び萎《な》えてゆく。

このままひたすら気持ち良くされ、濡れそぼって泣かされる時間が続くのは辛《つら》い。

「あ、あ……やだ……お願い、もっと、突いて……」

「なんで？　気持ち良さそうなのに」

利都は答えず、なんとか強い刺激を得ようと、不器用に腰を動かした。

「お願い、あんまりゆっくりされる、と、イっちゃう、から……っ」

あまりのじれったさに、目から涙が流れた。雫《しずく》が腿《もも》を伝い落ちるくらい濡れてしまい、身体が熱くて苦しくてたまらない。

「やだよ、だってりっちゃん美味《おい》しいんだもん。今日はゆっくり食べたいな」

腰を引き寄せるチカの手が、利都の哀願に満ちた腰の動きを妨げる。

再びからかうように、ゆるりとチカのものが押し込まれる。背を反らし膝《ひざ》を震わせ、利都はかすれた声でねだった。

「ね、お願い、お願いだから……ちょうだい……」

だが、チカの腕の力は緩《ゆる》まず、利都の動きを制したままだ。

じわじわと利都を貪《むさぼ》り、耐え難いくらいにみだらな水音をわざと立て、チカが喉《のど》を鳴らした。

「……良い光景。りっちゃん、すごく浴衣《ゆかた》が似合うね」

利都は唇を噛《か》んだ。とめどなくしたたり落ちる蜜が、身体の流す快楽の涙のように思える。

びくびくと内壁を震わせながら、利都は枕に頭を押しつけ、髪が乱れるのも構わずにいやいやと首を振った。

「やあっ、あ、あああ、っ……チカさん、チカさ、ん、動いてぇ……っ」

「わかったよ、ごめんね」

チカの腕が緩《ゆる》んだ。同時に、利都のなかを穿《うが》つ動きが速まる。

待ち望んだ強い刺激に、利都はああ、と大きな声を漏らしてのけぞった。

身体の奥が痛いほどに疼《うず》いて震えた。耳鳴りがするほどの興奮が、利都の身体中をめぐる。

「ああーっ、あ、あ……」

ねだるように腰を振りながら、利都は枕を握り締めた。恥ずかしいのに、我慢できない。まともに動けなくて、焦《じ》れて苦しいのに、今まで感じたことがないほどに、気持ちいい……

大きな音を立ててチカのものを味わいつくし、利都はなんとか手をついて起き上がった。

こんなに気持ち良くされて、一人だけ布団にしがみつかされているのは嫌だ。

乱れた髪のまま、利都は、背後のチカに震える手を伸ばした。

「この姿勢やだ、抱き合いたい……っ」

「……うん、待って」

チカの身体がズルリという音を立てて離れた。布団に崩れ落ちた利都の足から器用に下着を脱がせ、チカはひょいと利都を膝《ひざ》に乗せた。

正面を向いて抱き合う姿勢になる。

利都は涙と汗と蜜で濡れそぼった身体で、しっかりとチカの身体に抱きついた。

「チカさん」

身体中でぬくもりを感じられ、ホッとして利都は、チカのはだけた胸に、露《あら》わになった自分の乳房を押しつける。

お互いの体温を感じられるこの体勢がたまらなく好きだ。

うっとりと首筋に顔をこすりつけた利都の耳元で、チカが言った。

「りっちゃん、もう一回挿《い》れさせて。そんなふうにされたら、俺、暴発しちゃうよ」

「……うん……」

利都は腰を浮かして、強く昂《たか》ぶったものにゆっくりとまたがる。身体の奥深くまで剛直を受け入れ、それをきゅっと締めつけた。

「なんかもう俺、我慢できなくなってきた。りっちゃんがエロいからいけないんだ」

チカが利都の両脇を抱え、身体を上下に揺らす。

利都の乳房がチカの胸板でこすられ、同時に内壁も灼《や》けるような茎に貫《つらぬ》かれる。

身体中が燃え上がりそうだ。利都はチカの肩を強くつかみ、乱れる息で、彼の名前を呼んだ。

「っ、うぅ……っ、チカさん……っ、チカさ……んっ……」

不意に利都の身体を突き上げる動きが止まった。

チカの腕が、利都の身体を力一杯、胸のなかに抱き締める。

息が止まるくらいの強い抱擁《ほうよう》に、利都は吐息を漏らした。

「りっちゃんが俺のこと信用してくれてさ、幸せすぎて夢見てるみたい」

利都の身体中に、チカの激しい鼓動が伝わってくる。

「う、ん……信用してる、よ……チカさんのこと、信用してる」

利都も自分を抱く恋人の背中を、強く抱き締める。

こめかみに絹のようにやわらかな髪が触れ、いつものシャンプーの香りが鼻先をくすぐった。

——私、チカさんが好き。

不意に胸が苦しいほどの気持ちがあふれ出す。楽しそうな彼も、優しい彼も、寂しさを隠すように甘える彼も全部好きだ。全部、独り占めしたい。

利都だって、どこの誰かもわからぬチカのことを好きになった。どんどん好きになって、止められなくて、毎日チカのことばかり考えてしまうくらい、大好きだ。

利都の目から、涙が一滴落ちた。

「私も、幸せ」

乱れる息が整わないうちに、利都はチカの唇にキスをした。

汗が裸の胸を流れ落ち、火照《ほて》った肌を冷やす。

チカの透き通るような緑がかった瞳が、じっと利都を映している。見つめ合ったまま、チカが利都の身体を布団の上にそっと押し倒した。

「……ほんとに？」

「ほんと、だよ……独り占めしたいくらい、好き、だよ……」

利都のその言葉に、チカが端整な口元を嬉しそうにほころばせた。

「俺もだよ、俺もりっちゃんのこと好き。好きすぎて俺の家から外に出したくないもん。最近は、りっちゃんを誰にも見せたくないとすら思うようになってきた。だってりっちゃんは、俺だけのものだから」

チカの揺れる髪が、足元のライトの淡い光に透ける。甘く激しく突き上げられながら、利都は

『王子様』の首に、そっと手を回した。

――心配をしなくても、チカさんは私のことを永遠に独り占めできるのに。

そう思いながら、利都は肩口に抱き寄せたチカの髪に、鼻先を埋める。

火照《ほて》った身体を絡ませ合い、利都はチカと何度も口づけを交わし合った。

腰を激しく打ちつけられ、チカの身体に縋《すが》りつく。利都は悲鳴とも泣き声ともつかぬ声をひたすらに上げた。

昂《たか》ぶったもので鋭敏な花芽を何度もやわやわとこすられて、身体が耐え難く疼《うず》いて震え始める。

「あ、い、っ……あぁ……っ、や、あ、あ、あっ……」

あられもない音とともに蜜をしとどにあふれさせ、利都の内壁が強く引きしぼられた。

激しく媚壁が痙攣《けいれん》したあとに、身体中が甘い霧《きり》に包まれたように弛緩《しかん》する。

「あ、俺もイきそう……ごめんね」

チカの苦しげな声に、達したばかりの利都の身体がひくりと震えた。

「ふぁ……ああ……っ」

硬直したものに、びくびくと震え続ける粘膜をこすられて、利都の目の前に白い星が散る。

涙でびっしょり濡れた顔を手の甲で拭《ぬぐ》い、獣みたいに息を荒らげて脱力したチカの身体を受け止め、抱き締めながら、利都はまぶたをそっと閉じた。

チカの身体の重みが愛おしい。利都は汗だくの身体を宝物のように抱きしめ、激しい彼の鼓動にうっとりと身を任せながら、小さく微笑みを浮かべた。

――ああ、幸せだな……。私、本当にチカさんが好き……

利都は、明るい光で目を覚ました。広いバルコニーから淡く光が差し込んでいる。窓の外では、まだ薄暗い空が、えも言われぬ色合いで広がっていた。

美しい空の色に惹かれ、利都は傍《かたわ》らのチカを起こさないようにそっと布団を抜け出す。

外に出て、バルコニーの手すりにもたれかかってぼんやりと空を眺めた。

夜が明けたばかりのようだ。今日は晴れるのだろう。山の朝と温泉の匂いを胸一杯に吸い込みながら、利都は目を細める。

夜が明けたばかりの世界は、ひどく清らかに見えた。はるか向こうに見える盆地の町並みも、山肌を覆《おお》いつくす緑も、なにもかもが洗いたてのようだ。

あくびを一つし、利都は手すりに頭を乗せた。背後の露天風呂からは絶え間なくお湯が流れる音が聞こえる。

――そうだ、朝風呂に入ろうかな。

心が浮き立ち、利都は手すりから離れようとした。その時、バルコニーにチカが出てくるのが見えた。

「おはよ」

「あ、チカさん、おはようございます」

浴衣《ゆかた》の懐《ふところ》に片手を突っ込んだまま、チカが利都のそばに歩み寄る。

「景色見てたの？」

「はい、高いところから見る景色ってなんだか好きで」

「いいよね、眺め。ここから見る景色、俺も好きなんだ」

チカがバルコニーに肘《ひじ》をつき、景色を見ながらやわらかな笑顔で言った。

「綺麗な景色だから良いかな？」

「なにがですか？」

「手を出して」

利都は言われるがままに、右の手のひらを上に向けてチカに差し出す。

「反対の手」

左の手のひらを出すと、今度はくるりと裏返された。

懐《ふところ》から出した光るなにかを、チカが利都の薬指にはめ込む。

「え……？」

寝起きのぼんやりした頭で、利都は自分の手を眺めた。虹色に光る石の並んだ見事な指輪が、左手の薬指に輝いている。

眩《まばゆ》く光り輝いているいくつものダイヤモンドに驚いた。その大きさが、ただのＯＬの利都には手の届かない、高価な品だということを伝えてくる。

「貰ってよ」

言葉を失った利都に、ボソリとチカが言った。

「俺、今後そういうものをりっちゃん以外の人にあげる気ないから、貰って」

「あ、あの……」

動揺で声が震える。朝の涼やかな風も、利都の喉元《のどもと》に込み上げた熱を冷ましてはくれなかった。

「あの、これ、なんです……か……」

「苦労させるのはわかってるんだ。俺の家は特権意識が強くて、排他的で、色々うるさい人が多いし。無駄に金があるせいで、変な奴が寄ってくることもある」

チカが静かな声で話し始める。

「でも、嫌な思いをさせるのはわかっているんだけど、俺はりっちゃんとずっと一緒にいたい。だから俺と結婚してください。突然ごめんね、出張に出て長い間離れちゃう前に、どうしてもこれだけは言いたくて」

利都の目から、涙がぼろぼろと零《こぼ》れた。

嬉しいのか驚いたのかわからない。けれど涙が止まらず、利都は寝巻き代わりの浴衣《ゆかた》の袖で慌てて顔を覆《おお》った。

「……もし俺との結婚が嫌ならここから捨てていいよ、その指輪。もうこの先、あげたい相手なんていないから」

チカが手すりの向こうの光景を眺めながら、小さい声で呟《つぶや》いた。

利都は一度しゃくり上げ、涙をこらえて慌てて唇を噛《か》んだ。

頭が真っ白でなにも言葉が出てこない。

早くなにか言わなくては。嬉しいとか、ありがとうとか、突然言われても困るとか……。けれど、唇から転がり出たのは全く別の言葉だった。

「す、好きだけで、決めて、良いの……？」

嗚咽《おえつ》混じりに、利都は言った。

涙で歪《ゆが》む視界でチカを見上げ、なにも言わない彼に向けてもう一度繰り返す。

「ねえ、こんな大事なこと、好きってだけで決めていいの？」

再び涙があふれ出し、利都は慌てて拳《こぶし》で拭《ぬぐ》う。

自分は、好きという気持ちに従いたい。でも、チカは本当にそれでいいのだろうか。自分の強すぎる気持ちが、彼を誤った判断に引きずり込んでいないだろうか。

いくらチカを愛していて離れたくなくても、自分は平凡な女だ。

王子様の隣に一生いる権利があるのかどうか、本当は自信がない……

泣きじゃくる利都を見つめていたチカが、再び利都の手を取った。長い指が、利都の指から指輪を抜き取ろうとする。

「……っ、やだ、っ！」

利都は慌てて、自分の手を取り返した。涙の向こう側で、チカが淡く微笑む。

「良かった。貰ってくれるんだ」

利都は涙を流したまま、呆然とチカを見上げた。

「……あ……」

それから、取り返した指輪を改めて見つめた。

――今、私は、一体なにを……

「貰ってくれるんだよね？」

念を押され、利都はこくりと頷《うなず》いた。

指輪を抜き取られそうになった瞬間、チカが遠ざかっていくように感じたのだ。

彼と離れることには、とても耐えられそうになかった。

チカが腕を伸ばし、利都を抱き寄せる。温かい胸に抱き締められ、利都は再び声を上げて泣いた。

「なんでそんなに泣くのさ……ねえ、嬉し泣きだよね？」

冗談めかして尋ねられ、利都は頷《うなず》いた。

嬉し泣きとは、本当は少し違うかもしれない。でも、不安や葛藤《かっとう》はあっても、やはり絶対にチカを失いたくないのだ。

彼はいつも大胆に鮮やかに、自分の心のなかにある一番大事な気持ちを、はっきり思い知らせてくれる。そう思い、利都は涙でひりひりする顔を上げ、しゃくり上げながら言った。

「あ、ありがとう、綺麗……な、指輪……」

「でしょ？　この前こっそり注文して、昨日の昼に取りに行ってきたの。サイズも合ってて良かった。中指が七号だから、薬指は五号かなって……正解だね」

チカが明るい声で言い、利都の頭を胸に抱え寄せる。

「親が家柄重視で結婚して失敗してるから、俺は自分の気持ち優先で生きるつもり。それに俺はただ、りっちゃんが好きなだけ。俺の心のなかにはそれしかないんだ」

家柄重視の結婚、という言葉が胸に不快な影を落とす。

チカが、自分ではない別の花嫁の手を取る姿を想像し、強い嫌悪を感じて利都は小さく首を振った。

——やっぱり、チカさんの隣をほかの人に譲りたくない。私が、チカさんの隣にいたい……

利都を抱くチカの腕が緩《ゆる》む。一歩下がり、利都はチカを見上げて言った。

「私も、チカさんと同じで、ただ、チカさんが好きなだけです」

上り始めた朝の太陽が、利都の顔を眩《まぶ》しく照らす。光をやりすごすために目を細め、利都はチカの顔を見上げた。

日の光に透けたガラスのような目が、利都だけをじっと見つめている。

吸い込まれそうな美しい目を見ながら、利都は思う。

——今、私達の関係は夜が明けたばかりなんだ。これから晴れたり曇ったり、雨が降ったり、吹雪になったり、いろんなことがあるんだろう……

その全てを味わいながら、これからずっとチカと二人で歩いていく。

それは、とても幸せなことに違いない。

——私は、チカさんと一緒に生きたい。その道以外を選んだら、一生後悔する。

利都は手を伸ばし、しなやかなチカの手を取って微笑んだ。白いチカの顔に、ほんのりと赤みが差す。

優しく微笑むチカの目をしっかりと見つめながら、利都は言った。

「指輪、ありがとうございます。私のこと、これからもよろしくお願いします」

「……よっしゃ、やった！」

チカが急に、子供のような大声を出した。

目を丸くした利都の身体をひょいと抱き上げ、そのまま勢い良く回る。利都は思わず悲鳴を上げ、チカにしがみついた。

「きゃっ！　なに、どうしたの、チカさん！」

「あははは！　やった、嬉しい！　プロポーズにオーケーもらえて良かった、はあ、緊張した……！」

地面に下ろした利都を息が止まるくらい強く抱き締め、チカが優しい声でしみじみと言った。

「りっちゃん、愛してるよ」

利都を抱く力が苦しいほどに強まる。

「愛してる。りっちゃんのこと、本当に愛してる。悪いけど俺、これからメチャクチャ愛を注ぐから覚悟してね」

——これから……私達のこれから……

利都の心に、希望と喜びが一杯にあふれ出す。

どんなに重い、苦しいくらいの愛であっても、チカがくれるものなら蜜のように甘く幸せな味をしているはずだ。

チカに抱き締められたまま、利都はチカの背中にぎゅっと腕を回した。

「私も、チカさんのこと、愛してる」

利都の声に重なるように、愛らしい小鳥の声が響きわたる。

澄みきったその声は、まるで利都達二人を祝福してくれるかのようだった。

マイペースで、ちょっと変人扱いされている王女のリーザ。そんな彼女は、国王の命でお嫁に行くことに!?　お相手は、氷の如く冷たい容貌でカタブツと名高い「氷将レオンハルト」。突然押し付けられた王女を前に少し戸惑っていた氷将だけど、初夜では、甘くとろける快感を教えてくれて——。辺境の北国で、雪をも溶かす蜜愛生活がはじまる！

定価：本体1200円+税　　Illustration：瀧順子

祖母から定食屋を継いだ天涯孤独の栗原《くりはら》美羽《みう》は、ある日、弁護士の赤坂《あかさか》京也《きょうや》と出会う。自分の作った料理を美味しそうに食べる彼の笑顔に、心惹かれる美羽。けれど、エリートな彼と自分では釣り合わない……そう思ってこの恋をあきらめようとした矢先、突然、彼が熱烈なアプローチを仕掛けてきて――!?

B6判　定価：640円＋税　ISBN 978-4-434-21547-6

栢野 すばる（かやの すばる）
2011年より小説の執筆を開始。2015年に「氷将レオンハルトと押し付けられた王女様」で出版デビューに至る。趣味はドライブと現代アートめぐり。

イラスト：八美☆わん（はちぴすわん）

本書は、「ムーンライトノベルズ」（http://mnlt.syosetu.com/）に掲載されていたものを、改稿・加筆のうえ書籍化したものです。

honey《ハニー》

栢野 すばる（かやの すばる）

2016年2月29日初版発行

編集ー黒倉あゆ子・宮田可南子
編集長ー塙綾子
発行者ー梶本雄介
発行所ー株式会社アルファポリス
〒150-6005 東京都渋谷区恵比寿4-20-3 恵比寿ガーデンプレイスタワー5F
TEL 03-6277-1601（営業） 03-6277-1602（編集）
URL http://www.alphapolis.co.jp/
発売元ー株式会社星雲社
〒112-0012東京都文京区大塚3-21-10
TEL 03-3947-1021
装丁イラストー八美☆わん
装丁デザインーansyyqdesign
印刷ー大日本印刷株式会社

価格はカバーに表示されてあります。
落丁乱丁の場合はアルファポリスまでご連絡ください。
送料は小社負担でお取り替えします。

ISBN978-4-434-21691-6 C0093